봄, 132×162cm, 2022년작

대흥사(大興寺), 214×546cm, 2014년작

향리의 어귀, 130×162cm 한지에 수묵담채, 1988년작

송광사의 아침, 162×130cm, 한지에 수묵담채, 1989년작

변산의 겨울, 22×63cm, 한지에 수묵담채, 2021년작

산수유청음(山水有淸音), 69×34cm, 2021년작

실명소설 임농

【실명소설】

임농

이용호 장편소설

맑은쪽

서언

 임농의 작품세계는 특별하다. 어디서나 언제나 나에게 다가오는 일정한 정감이 있어 반갑다. 나는 그것을 굳이 평화라고 지적하고 싶다. 평화스럽다는 것은 자연스럽다는 뜻이다. 조작이나 과장이나 가식이 없다는 뜻일진데 애써 현학적이거나 독선적인 그림하고는 거리가 멀다.
 ……굳이 말하자면 자연과 인간의 일체감을 위한 조용한 몸부림이자 소리없는 의지의 발산일 게다. 예부터 동양미술의 특징을 산수화에서 찾았고 진경산수는 곧 우리 남화의 뿌리라고 주장해왔다. 그러나 임농의 그림이 산과 나무와 물과 숲과 호수에서 그 소재

를 얻었을 지언정 그것은 모사가 아니라 화가 자신의 성품과 자연과의 동화이다. 일체감을 의식한 창조라고 굳이 말하고 싶다. 그렇다. 임농의 그림에서 임농의 체취가 짙게 풍긴다. 임농의 산수화에서는 남도사람의 섬세하고도 아기자기한 정감이 안개처럼 피어오른다.

  일찍이 사사했던 남농이나 도촌, 일초, 선정의 화풍을 이어받았으면서도 결코 그 스승들의 화풍을 답습하거나 계승하는 것이 아니라 독자적이고도 지속적인 각고 끝에 그 독보적인 미의 세계를 구축했다는 사실은 누구나 쉽게 이룰 수 있는 일은 아니다.

청색이 원래 남색에서 생겨난 물감이지만 그 푸르름이 더 짙고 아름답다는 격언처럼 화가 임농은 확고한 자기의 세계를 가지고 있어서 믿음직하다.

"삶의 방향과 자연의 밀도, 고요, 억제된 힘, 정확한 필묘, 극도의 세묘, 그것이 임농 하철경의 작품들이 호흡하고 감동을 준다."고 평했던 프랑스의 미술비평가 마틸드 클라레의 평문은 어쩌면 임농의 작품세계를 가장 정확하게 지적한 글이 아닌지 모르겠다.

―차범석(극작가, 대한민국 예술원회장) 2004년

임농 하철경화백을 설명하는데 이만한 글이 없을 것이다. 그래서 독자의 이해를 돕기 위해 위 글을 차용했다.

　이 책은 임농 하철경화백의 성장과정을 다룬 실명소설이다. 흔한 자서전의 형식이 아니다. '하철경'이라는 한 인물에 대하여 관찰하고 취재하여서 쓴 글이다. 또한 이야기의 줄기는 사실에 근거했으나 상당 부분은 상상력을 발휘한 창작임을 밝힌다. 그가 남농 허건의 제자라는 것과 그의 손주사위라는 것에 호기심이 동했다. 무언가 특별한 스토리가 있을 듯 했다. 그리고 그는 남농 허건으로부터 도제식교육을 받은 마지막 제자라고 했다. 이 당시의 상황을 기록해야 할 가치도 있을 듯 했다.

　호기심이 궁금함으로 변하면서 임농과 함께하는 시간이 차츰 많아졌다. 그러던 어느날 임농으로부터 소품 한 점을 받게 되었다. 뜻밖에 받게 된 귀중한 선물이었다. 바닷가에 숲이 있고 가운데 바위 하나, 그 위에 사람이 앉아있는 그런 그림이었다. 편안한 그림이었다. 그림은 침실의 벽에 장식되었다. 그림을 보면서 잠을 청했다. 어느 날 그림의 한 가운데에 있었다. 꿈속이었다. 어디선가 청량한 바람이 불어오는데 그 숲속에서 편안했다. 소설은 이렇게 시작되었다.

차례

서언	**004**
완당선생 해천일립상	**011**
목단꽃	**033**
니바를 어찌야쓰까	**049**
소년의 꿈	**061**
남농선생에게 배우고 싶소	**097**
남농의 죽동 화실	**123**
십년은 해야 이치를 조금 알게 된다	**147**
고완당(故阮堂)표구사	**159**
엄하고 따뜻했던 사모님, 홍막여여사	**169**
붓 대신 자갈 질통을 지다	**181**
남농이라는 큰 그릇	**209**
첫 출품	**219**
임농(林農) 호를 받다	**235**
밀물다방에서의 첫 개인전	**251**
술	**263**
향리의 어귀, 송광사의 아침	**283**
수석관을 지켜라	**293**

완당선생 해천일립상

아직 겨울의 기운이 여전하다. 경칩이 지났다고는 하지만 남해의 바닷바람은 여전히 겨울을 품고 있었다. 도포 안으로 무명 소창의까지 껴 입었지만 바람 한 점 막아줄 곳 없는 배 위에서 련은 한기를 버텨내고 있었다. 련은 제주로 가는 돛단배에 몸을 싣고 있었다. 배라고 해야 삼십 여명 겨우 탈 정도의 작은 목선이었다. 해남을 출발한 배는 추자도를 한참이나 지나고 있었다. 다행히도 바다에는 적당한 바람이 불고 사공의 노는 힘들이지 않고 일정했다. 그러던 순간 갑작스레 비바람이 몰아치기 시작했다. 파도가 승냥이의 울음처럼 몰려왔다. 거친 파도 앞에서 련의 배는 그저 손바닥만한 나뭇잎에 불과했다. 사공의 필사적인 외침과 사람들의 비명소리가 금방이라도 바닷속으로 던져질 듯 위태롭게 들려온다. 그 사람들 속에서 련은 봇짐을 품에 안고 있었다. 거센 비바람이 련의 얼굴과 몸을 사정없이 때리고 지나간다. 오싹, 오한이 지나가고 출렁이는 파도 속에서 중심을 못 잡은 사람들이 련의 웅크린 위로 넘어진다. 련의 몸 위로 엎어진 사람들이 련의 등에다가 금방이라도 토악질을 할 것처럼 그억 그억 괴로운 숨을 토해낸다. 련은 추위에 귀가 아리고 봇짐을 끌어안은 손은 감각이 없음을 느낀다. 그러나 련은 이를 앙다물고 봇짐을 지켜야 했다. 화선지를 잔뜩 담은 봇짐이 비에 젖으면 절대 안된다. 이 화선지가 어떤 물건인가. 추사선생에게 바칠 제자의 마음 아닌가. 스승님은 서책과 붓과 화선지를 항상 가까이 하셨던 분이시다. 스승님께 이 한줌 밖에 안되는 제자가 바칠 수 있는 유일한 물건이다. 지난 팔월에 추사선생은 제주 대정현에 유배되었다. 권력을 장악한 안동김씨의 농간이었다. 사람들의 수군거림 속에서 련은 그 때 추사선생이 사약을 받지 않은 것만으로도 다행이라는 소리를 들었던 터였다. 유배지에서 스승님이 존재를 잘 보존하셔야 할텐데. 어서 제주에 도착해야 한다. 하루하루를 벼르고 벼르던 제주행 길이었다. 그렇게나 자신감이 넘치고 고고하며 단단하신 추사선생이 적소에서 얼마나 고생을 하실 것인가. 적막한 가시울타리 안에서 얼마나 외로우실까. 어서 선생을 뵈어야 한다. 련은 마치 주문을 외듯 웅얼거리면서 봇짐을 결사적으로 지켜내고 있었다. 련의 몸 위를 덮친 사람들 위로 또 사람들이 넘어지면서 련은 그 무게를 지탱하지 못하여 숨마저 끊어질 듯 아득하게 정신이 혼미해진다. 그리고 아득한 련의 머리위로 무수한 별들이 쏟아진다. 이것이 무엇인가. 그림인가. 저 하늘의 별인가. 하얀 화선지 위에서 마른 붓이 거칠게 놀더니 어느 순간

섬세한 붓이 되어 한 송이 꽃이 되고 이끼가 되고 나뭇잎이 된다. 태점(苔點)이구나. 호초점(胡椒點)이구나. 대혼점(大混點)이구나. 혼미한 끝에 련의 눈 앞에 산수화가 펼쳐진다.

그리고는 멀리서 아득하게 들리다가 이내 가까운 곳에서 사람들의 탄성이 들려온다.

"관탈도다. 관탈도가 보인다."

누군가의 선창으로 배에 탄 사람들이 한 목소리로 관탈도를 외친다. 련은 사람들의 탄성에 반응하며 몸을 일으킨다. 몸이 가뿐하다. 련은 사람들이 가리키는 바다를 본다. 그러자 바로 눈앞에 천하절경의 봉우리 하나가 마치 바다에 내려앉은 듯한 모습을 하고 나타난다. 어느새 해는 밝고 금방이라도 바다 속으로 던져질 것만 같았던 배는 언제 그랬냐는 듯 평온하다.

"저게 관탈도요? 아니 그런데 왜들 이리 좋아하시

오?"

"관탈도요. 관탈도. 관탈도가 맞지라. 아 좋아할 밖에, 관탈도가 보이믄 인자 한식경만 가면 조천포요. 제주도 조천포구 말이오. 아따 이제 제주도에 다 온 것이오."

다른 이가 옆에서 한 소리 거든다.

"관탈도가 왜 관탈도겠소. 저 선비님네 좀 보소. 아주 갓을 벗어서 던져버리지 않았소. 그래서 관탈도라우. 저 양반도 유배길인 모양인데 이제 체통이고 뭐고 다 내려놓는 모양 아니오."

련은 뱃사람의 말을 따라서 갓을 벗어 던진 선비를 보았디. 선비는 말없이 관탈도를 바라보고 있있다. 조금의 움직임도 없이 눈 앞의 관탈도를 주시하는 선비의 옆에는 칠립이 기우뚱하게 던져져 있었다. 그런데 이 선비에게서 느껴지는 기운은 무엇인가. 련만 느끼는 것인가. 련은 자신도 모르게 선비의 기운에 끌려서 그의 옆으로 다가갔다. 무심한 듯 보였던 그 선비의 표정은 다가갈수록 울분에 차 있었다. 그리고 련은 그 선비의 모습에서 꿈에도 그리던 추사선생을 발견한다. 아니 스승님이…… 련의 바로 앞에서 관탈도를 바라보고 있는 선비는 바로 추사선생이었다. 련은 그 선비 앞에 무너지듯 엎드렸다.

"아이고 스승님, 아이고 스승님 이게 무슨 변고이십니까." 련은 하늘 같은 스승 앞에서 오열했다. 몸 안의 뜨거운 핏덩이를 쏟아내듯 몸부림쳤다. 뜨거운 눈물이 하염없이 흘러나왔다. 얼마나 울었을까. 그리고 련이 깜빡 정신을 잃었던가. 또 시간은 얼마나 지났을까.

"왔느냐. 오느라고 수고했다. 이 멀리까지 오느라고 고생이 얼마나 많았느냐. 일어나거라. 나도 네가 보고 싶었다."

스승님의 인자한 음성이 엎드린 련의 몸 위에서 들린다. 선생이 나를 내려다 보고 계시는구나. 그러나 련은 고개를 들어서 선생님의 억울하고 분한 이 처지를 차마 마주 대할 수가 없었다. 스승님의 초췌하실 모습을 마주할 자신이 없었다. 얼마나 존경하는 어른이었던가. 련은 목을 더욱 아래로 숙이며 흐느꼈다.

"아니다. 내가 너의 기특한 마음을 왜 모르겠느냐. 이제 그만 울거라. 이제 되었다. 어서 고개를 들거라."

스승의 자애로운 음성에 련은 차츰 울음을 그치고 고개를 들었다. 그러자 련의 눈 앞에 계셔야 할 스승님은 보이지 않았다. 그리고 커다란, 사람의 키보다 훨씬 큰 그림 한 폭이 바다 한가운데서 높게 펼쳐졌다.

삿갓을 쓰고 나막신을 신은 스승님의 초상화였다. 깊고 그윽한 눈으로 스승님은 어딘가를 보고 있었다. 자애롭고 온화한 표정으로 주시하는 저 곳 어딘가에 스승님의 생각이 머무는가. 그러면서도 스승님의 왼손과 오른손이 가슴과 배 위에 머무르며 불편한 듯 보이고 추렁추렁 늘어진 옷이 대창의라고 하기에는 허름하여 마음이 저리다.

바로 완당선생해천일립상(阮堂先生海天一笠像)이었다.
스승님은 어디 가고 이 그림이 내 눈앞에서 나를 위로하는가.
이것이 꿈이더냐 생시더냐. 련은 자신의 울음소리에 잠에서 깼다. 그런데 꿈이 워낙 선명하고 깊어서 련은 다시 꿈 속으로 빠져들었다.

"국청(鞠廳)에서 수금(囚禁)한 죄인 김정희(金正喜)를 대정현(大靜縣)에 위리안치(圍籬安置)하도록 하라." 왕의 하교라고는 하나 실제로는 수렴청정 중이던 순원왕후의 명이었다. 순조 30년(1830)에 있었던 윤상도의 옥사와 관련하여 십 년이나 지난 뒤에 안동김씨는 대사헌 김홍근을 앞세워 경주 김씨의 중심인물이었던 추사를 탄핵하였다. 이토록 안동김씨의 정적제거 의지는 치밀하고도 끈질겼다.

어쩌면 목숨이라도 부지할 수 있게 된 것을 다행이라고 해야 할까. 추사는 이로서 머나먼 제주도 대정현으로 기약 없는 유배길을 떠나게 된다. 이제나 저제나 추사가 풀려나기를 기다리던 추사의 월성위궁은 아낙네들의 흐느끼는 소리와 사내들의 두려움 가득한 웅성거림으로 어둠이 짙게 내리고 있었다.

추사의 월성위궁에서 그림공부를 하던 련은 이 청천벽력같은 소식에 어찌할 바를 모르고 있었다. 초의선사의 소개로 이곳 추사의 월성위궁으로 온지 이제 이년여, 그동안 추사의 지도로 이제 그림의 맛을 알고 그림 공부의 속도를 더해가는 중이었다. 소치가 복잡하고 혹독한 정치세계는 알 도리가 없었다. 다만 추사선생이, 그 크신 스승님이 한 순간에 그토록 몰락할 수 있다는 것이 몸서리치게 두려웠고 그동안의 노력과

이 그림은 소치 허련이 스승을 생각하며 그린 그림이다.
완당은 추사 김정희의 아호였다.
완당선생해천일립상(阮堂先生海天一笠像)은 소치 허련이 제주 대정에서 유배살이를 하는 스승 김정희를 소동파의 '동파입극도'에 빗대어 그린 그림이다.
소동파는 아버지 소순(蘇洵), 동생 소철(蘇轍)과 함께 '3소'(三蘇)라고 일컬어지며, 이들은 모두 당송8대가(唐宋八大家)에 속할 만큼 대단했다. 그러나 소동파는 조정의 정치를 비판하는 시를 썼다는 이유로 황주로의 유배형에 처해 지게 되는데「동파입극도」는 소동파가 혜주에 유배되었을 때 갓 쓰고 나막신 신은 평복 차림의 모습을 그린 것이다.
이것에 착안해 소치는 제주도 바닷가 대정마을에서 귀양살이를 하는 스승 김정희의 모습을 소동파에 빗대어 그렸다. 이것이 소치 허련의「완당선생해천일립상」이다.
'동파입극도'에 얼굴만 바꿔서 그린 그림이 바로 '완당선생해천일립상'인 것이다. 추사의 유배 기간 소치는 세 차례나 제주를 찾았다. 그는 제주를 찾아가서 스승의 봉족을 들기를 마다하지 않았는데 이 '완당선생해천일립상'은 소동파를 존경했던 추사와 그런 추사를 자신의 목숨보다도 더 존경한 제자 소치를 설명하고 있다.

阮堂先生海天一笠像

許小痴筆

小琅嬛室弄

희망이 수포로 돌아가는 것 같아서 막막했다. 련은 더 이상 추사의 월성위궁에 머무를 수 없었다. 이 황망한 와중에 누가 누구를 챙겨줄 수 있겠는가. 끼니 챙기는 것 마저 눈치가 보였다. 련은 주섬주섬 자신의 짐을 챙겼다. 짐이라고 해야 옷가지 두어 개가 전부였다. 소치는 스승님이 그림 공부 하라고 내려준 먹과 벼루, 그리고 화선지 몇 장을 싸면서 울음을 겨우겨우 참아내느라고 무진 애를 썼다. 스승님이 사랑에 모여든 객들에게 자신의 그림을 보여주며 자랑하시던 모습이 자꾸만 앞을 가렸다. 련은 결국 한바탕 목놓아 울었다. 그의 서글픈 울음소리는 월성위궁의 적막한 밤이 새도록 이어졌다. 다음 날 어둠이 내리는 저녁을 기다려서 련은 조용히 월성위궁을 나섰다. 련은 사람들의 이목조차 대하는 것이 싫었다. 차라리 밤길이 련에게는 마음이 편했다.

그길로 련은 공주 마곡사의 상원암으로 내려갔다.

련은 그곳에서 십 여일 머무르다가 강경포로 해서 그의 처자가 있는 고향 진도로 낙향했다. 그러나 련은 겨울을 나기도 전에 고향집을 나선다. 가장으로서 식솔을 돌보는 것보다 제주 대정에 유배되어 있는 스승의 봉족을 드는 것이 우선이었기 때문이다. 련은 스승님도 뵈어야 했고 또한 스승인 추사에게 그림 가르침과 학문 가르침도 받아야 했다. 그렇게 련은 대둔사를 경유해서 스승인 추사가 유배되어 있는 제주의 대정으로 향한다.

꿈이 깊었다. 그리고 너무도 생생했다. 얼마나 울었을까. 련은 자신의 울음소리를 느끼면서 어엉어엉 하는데 정작 소리는 입 밖으로 나오지 않았다. 련은 목마른 소리를 기어이 뱉어내면서 잠에서 깨었다. 심한 갈증으로 입안이 쓰다.

련은 채 꿈에서 깨어나지 못한 상태로 물을 찾았다.

마침 머리맡에 두었던 자리끼가 손에 잡혔다. 그 안의 물을 벌컥벌컥 들이키는데 그 물이 입 언저리를 타고 목 밑으로도 흘렀다. 허어억 비로소 한 숨이 터져나왔다. 이제 잠에서 깨었다. 동이 트려면 아직 이른 시간이었다. 늦은 시간에 겨우 찾아든 해남 관두포의 주막은 적막했다. 간간히 쌔앵쌩 바람이 문밖에서 휘돌다 갔다. 멀리서 들짐승 우는 소리가 처량하게 들려왔다

"어째요 제 이야기가 좀 재미집니까. 어쩝니까?"

임농은 소치와 추사를 연결해서 구수하게 이야기를 풀어놓고 있었다.

"련(鍊)은 소치(小癡)의 본명이지요. 유(維)가 본명이고 훗날에 련으로 고쳤다는 말도 있지만 련일 가능성이 높아요. 이 허련으로부터 시작해서 그의 화업을 잇는 넷째아들 미산 허형과 또 그의 넷째아들이 그 유명한 남농 허건 아니겠습니까. 그리고 그의 방계인 의재

허백련까지 그야말로 호남 남화의 큰 어른들이시지요. 소치 허련이 말년에 진도로 낙향하여 거주하며 그림을 그리던 화실이 운림산방입니다. 첨찰산 서쪽, 쌍계사와 가까운 곳에 있는데 훗날 그의 손자인 남농이 전 재산을 털어서 아주 잘 건립해 놨습니다. 꼭 한번 가볼 만한 곳입니다."

남양주아트센터에 마련된 강의장에서 오십여명이 진지하게 임농 하철경의 강의를 경청하고 있었다.

남양주아트센터에서 임농에게 요청한 강의의 내용은 임농 하철경의 그림세계였다. 그에 덧붙여서 그의 스승인 남농 허건과 그의 조부인 소치 허련까지 강의해 주시면 좋겠다는 것이었다.

그 첫 강의에서 임농은 소치 허련이 스승 김정희의 유배지인 제주를 찾아가는 애절한 상황을 묘사하고 있었다.

"아마, 소치는 이 때 전라남도 해남군 남창마을 해

월루 인근의 어느 주막에서 하룻밤 묵었을 것입니다. 그리고 제주 가는 배를 탔을 겁니다. 아시다시피 소치는 초의선사로부터 추사를 소개받았고 그로부터 제대로 그림공부를 하게 되었던 겁니다. 그런데 소치가 추사의 제자가 된지 두 해도 되기 전에 그 하늘 같던 스승이 제주로 유배를 갔으니 소치의 상실감은 이루 표현하기 어려울 정도였을 겁니다.

여기서 '완당선생해천일립상'은 소치가 제주에서 그린 그림입니다. 이 그림에는 스승에 대한 존경의 마음이 담겨있습니다.

저는 박사논문을 준비하면서 저의 스승이신 남농을 거슬러 올라가 그분의 아버지인 미산 허형과 또 그 분의 아버지인 소치 허련을 공부했습니다. 그리고 소치의 스승인 추사를 공부했지요. 오늘 여러분께 저의 상상력을 발휘하여서 소치선생과 그의 스승인 추사선생에 관한 일화를 나름은 열심히 전달하려고 했습니다.

어쩝니까? 재미가 있으셨습니까. 제가 말솜씨가 영 거시기혀서 말입니다. 허허! 오늘 강의는 여기까지입니다. 고맙습니다."

임농은 다음 강의부터는 화가로서의 성장과정과 남농 허건에 관한 이야기를 풀어냈다. 임농은 남농으로부터 도제식 교육을 받은 마지막 제자였다. 게다가 임농은 남농의 손주사위이기도 했다. 그러니 남농에 관해서는 할 이야기도 많았다.

목단꽃

장독대를 꽃잎으로 둘러싼 목단이 담장 안쪽으로 길게 펼쳐지면서 탐스럽고도 화려하다. 활짝 꽃잎을 펼치다가 살포시 고개를 올린 것이 선홍빛으로 삼막리의 기와집 뜰에서 하늘거린다. 임회면 삼막리의 백 삼십여 호 가운데 기와집은 철주네가 유일하다. 그래서 동네 사람들은 이 집을 '지와집 철주네'로 불렀다. 지와집은 기와집의 진도 사투리다. 동네에서 제일 크고 넓은 기와집 마당의 감나무와 목단꽃과 채송화와 해바라기 그리고 일년감은 철마다 피고 지면서 아름다움과 풍요로운 장면을 연출했다.

목단의 나뭇잎마저도 바다의 일렁거림 위에 쏟아지

는 햇빛처럼 눈이 부시다. 늦은 오후의 햇살이 뜰 안 감나무의 노란 꽃들 사이로 쏟아진다.

느른한 오후였다. 새댁은 모처럼 한가롭다. 농가에서 시집살이 하는 새댁에게 오랜만에 온 느슨함이기도 했다. 하늘이 보이고 멀리 바다도 보이는 듯 하다. 뜰 안의 꽃들이 새댁의 눈에 들어온다.

새댁은 문득, 시원허니 잘생긴 신랑 철주가 그리웠다. 이 사람은 어째 잘 있는가 모르겄네.

"아따 거 목단꽃 한번 지대로 피었구만."
"워메 깜짝이야!"
마침 철주가 대문을 벌컥 밀면서 마당으로 들어선다.
"아따 사람, 놀라기는. 서방 얼굴도 그새 잊었는갑네."
"아니어라. 놀라긴 뭘 놀랐다고 그래쌓소. 연락도 읎이."
"아따 내가 내 집 드나들믄서 연락허고 드나든당가

이사람아."

"그게 아니라 나 말은."

"알았네 알았어. 긍게 서방이 그렇게 그리웠단 말 아닌가."

철주는 호탕하게 웃으면서 농을 했다.

"아이구 숭허게 뭣하요. 아버님 안채에 계시는디."

"뭘 그렇게 질색을 항가. 내 각시 나가 이뻐서 그러는디. 인자보니 내 각시가 참말로 목단꽃이구만. 탐시럽고 이쁘고."

"별소리를 다허요. 서울가서 요상런 농만 배웠는갑네."

"그나저나 어디 별일은 없지리? 요즘 시울은 난리가 아니라는디 걱정도 되고."

"서울은 데모하고 까까머리 학생들꺼정 다 나와서 데모들 허고 아주 난리여. 자유당이 부정선거를 했다고. 아주 돌아섰어. 돌아서. 민심이 천심이라니께, 그래서 이박사도 그 하와이로 도망쳐 분거 아니겠어."

"그랬구만요. 나야 뭐 알겠소. 인자 건강한 모습 봉께 되었소. 어서 아버님께 인사 여쭙고 오시오. 엄니는 아까 오전 참에 읍내 장에 나가셨구만요. 계란꾸러미랑 창출 팔고 오신다요."

그랬다. 이맘때면 창출이 뒷마당 뜰에 한가득 핀다. 철주는 뒷마당의 창출을 떠올렸다. 어머니는 봄이면 창출의 여린 잎을 따서 장에 내다 팔았고 가을이면 뿌리 약재를 말려서 머리에 이고 내다 팔았다. 그게 소소한 용돈벌이는 되었다. 계란 꾸러미도 마찬가지였다. 그거 팔아서 학비도 대고 그랬다.

"그런가. 자네 말대로 아버님 뵙고 올라네."

장에 나갔던 모친이 돌아왔다. 철주부부는 안채에

서 저녁까지 마치고 자신들이 기거하는 별채로 건너왔다. 벌써 하루해가 지고 있었다. 한낮에 잔뜩 만개했던 목단꽃의 은은한 향이 작은채 들창 밖에서 은은하게 퍼졌다. 철주는 목단꽃을 몇 송이 꺾어서 작은 항아리종지에다 꽂았다. 오월의 저녁바람에 빨갛고 하얀 목단이 한껏 부풀어서 펼쳐지더니 꽃잎들이 하늘에 뿌려진다.

  오월의 밤하늘은 신선하면서 별빛이 담장위로 울창하게 뻗은 가지사이에서 영롱하다. 같은 밤하늘이라도 이곳 삼막리의 밤하늘은 슬프도록 아름다웠다. 밖으로 떠돌면서 돈벌이를 하는 철주지만 장손으로서 인젠가는 이곳 심막리에서 농도를 개간하고 자리를 잡아야한다는 것을 언제나 마음속에 품고 있었다. 철주는 담배가 피우고 싶었다. 철주는 윗목에 던져두었던 가방에서 담배를 꺼냈다. 그리고는 담배와 성냥곽을 꺼내들고 슬쩍 방문 한 쪽을 밀었다. 열려진 방문

사이로 봄밤의 달빛이 슬며시 들어왔다.

  새댁은 철주가 들고 다니는 가방에 눈을 주었다. 철주만큼이나 멋있게 보이는 물건이었다. 미군들이 쓰던 가방이라는데 무슨 천이 그렇게 두껍고 질기게 생겼는지 야무졌다. 가방 속이 넓어서 별게 다 들어가고도 남았다. 철주가 지난 해 봄인가. 그 가방에서 미제 화장품을 꺼냈다. 그리고는 "이거 '폰즈크림'이라고, 미제여 서울 색시도 못바르는 거여. 어치께 하다봉께 한나 구했구만."하면서 새댁의 손에 쥐어준 적이 있었다. 미제 화장품을, 서울색시들도 귀해서 바르지 못한다는 그 화장품을 철주는 새댁의 손에 쥐어 주었었다. 그 때 그 기분이야 말해 무엇 하겠는가. "나가 참말로 서방을 잘 만났시야. 흰칠허게 잘생긴 사람이 이렇게 자상허기도 헌다냐."고것이 어찌나 예쁘게 생겼는지 새댁은 열어서 차마 찍어서 바르지도 못하고 그저 어루만지기만 했었다. 아직도 새댁은 그 미제화장품을 그대로 곱게 간직하고 있다. 그런 새댁에게 돈 많이 벌면 예쁜 양장도 한 벌 해 온다고 했던 철주였다.

새댁 눈에 신랑은 담배를 많이 피우지는 않았다. 이따금, 하늘을 보면서 마루에 앉아 담배를 한 개피씩 피웠다. 새댁은 담배를 피우는 신랑의 모습이 멋있게 보였다. 신랑은 파랑새 담배를 피웠다. 큰 새가 하늘을 나르는 그림이 있는 담배였다. 봉초담배와는 비교할 수도 없이 비싸다는 그 담배를 신랑은 피웠다. 성냥곽으로 불을 탁 붙이고 오른손으로 담배를 한 개피 턱하니 피워 물면 새댁 눈에 신랑은 그야말로 영화배우였다. 어쩜 저렇게 사내가 잘생겼을꼬.

오늘도 철주는 파랑새 담배를 한 개피 피워물었다. 스읍 크게 들이마시다가 후 내쉬는데 새댁은 누운 채로 맡는 담배냄새가 싫지 않았다.

　담배연기가 하늘하늘 천장을 돌아다니다가 새댁의 몸으로 내려앉을 즈음 새댁은 몸을 일으켰다.

　담배를 거의 다 피운 철주가 말을 건넨다.

　"니바는 어째 학교 잘 다니능가." 니바는 진도 사투리로 넷째를 이르는 말이다. 철주는 색시에게 넷째동생의 안부를 묻고 있었다.

　"아까 어머니한티서 니바 야그 못들었소?"

　"아니 암말도 안하시더만."

　"그래요? 그럼 니바는 봤소?"

　"아까 잠깐 봤는디 아그가 매가리가 없시야."

　"그것이 핵교 갔다가 그냥 다시 왔어라. 인자 학교에 안가요."

　"아니 그것이 뭔소리여."

　"아마도 엄니께서 임자 걱정할까봐 말을 안했는갑소. 니바가 소리가 안들려갖고 학교에서 그냥 돌아왔소."

　니바는 철주의 막내 동생 철경을 이르는 말이었다. 부모님이 마흔 넘어서 얻은 자식이다 보니 철주보다 열아홉 살이나 아래인 거의 자식뻘 되는 동생이었다. 철주는 그 막내에게 정이 갔다. 눈망울이 크고 말이 없고 수줍음을 타는 그 아이가 철주는 자식같았다. 그만큼 나이 차이가 나는 때문이기도 했다. 워낙 작고 약해 보이는 것이 사람 마음을 안쓰럽게 하기도 했다. 니바를 예뻐하기는 새댁도 마찬가지였다. 워낙 나이 차이가 나는 시동생이기도 했지만 아이가 허약해 보이는 것이 그냥 보기만 해도 안쓰러웠다. 금방 눈물이라도 흘러내릴 것 같은 큰 눈망울로 빤히 형수를 쳐다보다가 이내 고개를 푹 숙이는 것이 새댁의 마음을 짠하게 했다. 집에서 어른 걸음으로 한 이십 분 가서야 있는 국민학교 입학식에도 새댁은 따라나섰었다. 막내시동생의 왼쪽 가슴에 하얀 무명천으로 손수건을 달아주면서 "우리 니바 인자 국민학생 되얐네. 선상님 말씀 잘 듣고 알았지?"하는 형수를 보면서 니바는 비식 웃었었다. 가슴에 달린 무명 손수건이 자신이 보기에도 마음에 들었던 모양이었다.

그랬던 니바가 귀가 안들려서 학교를 며칠 다니지도 못하고 그만 집에 있게 된 것이었다. 철주는 새댁의 말을 그대로 듣고 있었다. 그러니까 막내 동생이 학교에 입학했다가 귀가 안들려서 학교 다니는 것을 포기했다는 이야기였다. 외지에서 고생을 하고 막 들어온 맏아들이 행여 걱정할까봐 막내 자식 이야기는 아예 꺼내지도 않았던 부모님이었다. 니바를 보는 부모님의 마음은 어쩔까. 그런데 아이가 얼마나 기운이 없으면 사람 소리도 안들릴까? 원래 그렇지는 않았는데.

"아그가 말이 안들리니까 사람들을 더 빤히 쳐다보

면서 입모양으로 말귀를 알아듣는 모양이오."

"아그가 금시 눈물이라도 빠트릴 맹키로 눈망울이 커서, 아그 눈이 어쩜 그렇게 맑은지, 말은 안해도 내 입만 빤하니 쳐다보는게 꼭 내 자석같이 보듬어주고 싶당께요. 시동상이 아니어라. 자석같당께요."

철주는 아침을 먹기도 전에 니바를 찾았다. 니바는 부모님 방에서 아직도 곤하게 자고 있었다. 한쪽으로 누운 것이 그냥 짠해 보였다. 그런 니바를 다시 한번 힐끔 보고는 아버지에게 아침인사를 했다.

"아버님 잘 주무셨소?"

"잘 잤다. 어째 피곤허지는 않냐?"

"피곤허긴요. 모처럼 푹 잘 잤는디요. 어디 아프신 데는 없는가요?"

"읍다. 뭐 허는 일이 있다고 아프겄냐."

아버지는 한학을 했다. 해서 늘상 책을 앞에 놓고 있

었고 그러는 바람에 농사일은 어머니와 철주의 아내 차지였다. 아버지는 그래도 작명을 잘한다고 인근에 소문이 나서 이름 받으려고 오는 사람들이 제법 있었다. 아버지는 이름을 지어주고 받은 돈을 꼬박 모아놓았다가 집안 살림에 보태라고 내놓았다.

부자가 두런두런 이야기 하는 사이에 아침상이 들어왔다. 외지로 떠돌면서 돈벌이를 하는 철주로서는 이런 아침상을 받는 것이 새삼 정겹고 편안했다.

니바는 아버지와 큰형 틈에서 숟가락을 드는 둥 마는 둥 했다. 어린 것이 밥맛이 없는 눈치였다.

"왜 밥맛이 없냐? 그래도 한 숟갈만 더 먹자. 오올치."

철주는 니바가 기운 없어 하는 모습이 영 안쓰럽다. 니바는 아버지와 큰형이 수저를 내려놓자 기다렸다는 듯 방 윗목으로 가서 비료푸대 오린 종이를 바닥에 깐다.

그리고 니바는 비료푸대 종이에 몽당연필로 무언가를 끄적이고 있다. 철주는 그런 니바를 안쓰러운 눈으로 바라보다가 니바의 옆에 앉았다.

"우리 니바 뭣 허냐아? 만화 그리는구나. 아따 잘 그리네."

윗목에 엎드려서 몽당연필로 만화를 그리던 니바가 철주를 빤히 쳐다보다가 이내 고개를 숙이고 다시 그림에 열중했다.

철주는 니바의 머리를 쓱 한번 쓰다듬어 주고 일어섰다.

"우리 니바 다음에 올 때는 도화지에다가 색연필을 사다가 줘야 쓰겄다. 아버지 저 이만 나가볼라요."

"왜 벌써 가냐? 한 며칠 있다가 가지?"

"예 오늘은 안가고라. 내일이나 모레 갈랍니다."

"그려 항상 건강이 제일이다." 철주는 안방을 나섰

다. 그러면서 뒤따라 나오는 새댁에게 철주가 묻는다.

"아그가 영 매가리가 없구만. 그래 한의원은 가봤는가?"
"기운이 읎어서 그런다요. 해서 어머니가 옻나무 넣고 닭을 고아서 멕일라고 허요. 어머니 정성이 대단헝께 잘 될 것이오. 너무 걱정 마시오."

새댁은 막내동생 걱정이 대단한 신랑을 안심시켰다.

니바를 어찌야쓰까

철경을 바라보는 박씨의 마음은 애가 끓었다. 막내아들 철경이 귀머거리가 된 것이다. 국민학교에 가기 시작하면서부터 애기가 도무지 사람들의 말을 못 알아들었다. 말하는 사람의 입만 빤히 쳐다보는 것이 그렇게 안쓰러울 수가 없었다. 말을 못 알아듣는 자신도 답답한지 철경은 그 동그랗고 맑은 눈망울에서 눈물만 찔끔찔끔 흘렸다. 그리고는 오른팔로 눈시울을 닦으면서 '어휴, 어휴' 했다.

말을 못 알아듣는 아이에게 학교를 계속 다니라고 할 수는 없었다. 그래서 철경은 초등학교에 입학하고 며칠 만에 등교를 포기했다.

박씨는 '애기가 영 기운이 없어가지고 그러는갑다' 생각하려고 해도 그게 그렇게 되지를 않았다. 학교에 입학했다가 며칠도 채 되지 않아서 집에 있게 된 철경은 사람 대하는 것을 꺼려했다. 철경은 뜰 안 감나무를 멍하니 바라보다가 먼 하늘에 눈을 주고 앉아있었다. 그런 철경을 보는 박씨의 마음은 애가 타다 못해 저리고 아팠다. 아침이면 문밖에서 또래 아이들이 무리 지어서 학교에 가는 소리들이 들려오는데 그 때마다 박씨는 어린 철경의 눈치를 보았다. 저 소리가 들리려나? 들린다고 해도 아기가 마음 상할까 걱정, 안들린다면 이대로 영 애가 귀머거리가 되면 어쩌나 하는 걱정이었다.

어린 것이 어찌케 기운이 이리도 없다냐. 어린 것이 보챌 줄을 아나. 원 저렇게 시들시들 앉아있으니 이를 어찌야쓰까. 박씨는 철경을 니바라고 했다. 아무래도 어린 것이 기운이 없어가지고 그러니 뭐를 먹여서

라도 기운을 차리게 해야 했다. 읍내 한약방에 가서 보약을 한 재 지어다가 먹이면 기운을 채릴랑가. 이런저런 궁리를 하던 차에 동네 아낙이 전해주던 말이 떠올랐다. "아짐, 니바헌티 옻닭을 잠 해 줘 보씨오. 아마 기운을 차릴 것이오. 나가 들은 말이 있어 갖고 그렁께 한번 그렇게 해 보씨오." "그것이 증말 효과가 있으까?" "그렇다니께요. 기를 보하는데는 그만인 게 옻닭이지라. 팍팍 고아 먹이씨요. 아매도 효과를 볼 것이요." "아기가 옻은 안오를라나?" "옻닭 먹이기 전에 흰자를 손으로 비벼서 얼굴에 바르씨오. 그러고 입술에 바르고 똥구녕에도 바르면 까딱 없당께요. 왜 아짐도 아실텐데 아그 일이라 영 정신이 없지라?" "그런가 보네." 박씨는 귀가 솔깃했다. 읍내에서 보약을 지어다가 먹이는 것도 아니고 키우던 씨암탉 한 마리 잡는 거야 어려운 일이 아니었다. 저 어린 것 생각하면 무슨 일이라도 해야 할 박씨였다. 박씨는 닭장에서 씨암

닭 한 마리를 꺼내다가 잡았다. 그리고는 아궁이에 불을 지폈다. 좀체로 부엌에는 얼씬도 하지 않던 철경의 아버지가 불을 피우려는 아내를 불렀다. "뭐 하능가." "아따 놀라라. 여긴 뭐할라고 오셨소. 남정네가." "아 이사람아 옻닭 한다면서 닭에다가 옻나무만 넣은다고 그것이 옻닭인가." "그럼 어쩌요. 없는디. 마음은 급하고." "이것 거그다가 넣게." "뭐다요?" "보면 알제. 이것저것 좀 챙겨봤네." 그는 작은 보자기에 싼 한약재를 아내에게 내놓았다. 원래 한학을 하는 사람이라 한약에도 식견이 있어서 서너 가지 한약재는 늘상 보관하고 있던 터였다. 작은 보따리에는 밤 대추 황기 당귀 감초 구기자가 있었다. 어디서 구했는지 삼도 한뿌리 있었다. 박씨는 보자기의 한약을 보자 반색을 했다. 마치 금방이라도 니바가 "어무이 인자 말이 잘 들려요." 하고 품 안으로 달려올 것 같았다. 철경의 아버지 하씨는 흠흠 거리면서 방으로 들어가고 박씨는 정성스럽게 닭을 고았다. 박씨에게 닭은 생활의 요긴한 돈벌이였다. 닭장 속의 닭들이 달걀을 낳으면 그녀는 한 줄씩 짚으로 엮어서 읍내 장에 내다 팔았다. 그렇게 만들어진 돈으로 그녀는 반찬거리도 사고 자녀들의 월사금도 냈다. 그만큼 그녀에게 있어서 닭은 소중했다. 그런 닭을 잡는다는 것은 집에 웬만한 경사가 없으면 생각도 할 수 없는 일이었다. 그런 박씨가 니바를 위해서 닭을 잡고 옻나무와 한약재를 넣고 푹푹 삶았다. 식욕이 없는 막내를 위해 대보름날이나 먹게 되는 오곡밥도 지었다. 어린 것이 오곡밥은 유별나게 좋아해서 뚝딱 한 그릇씩 비웠기 때문이다. 그런 정성이었을까. 봄이 지나고 여름이 다가오면서 니바는 기운을 차렸다. 기운 없이 툇마루에 멍하니 앉아있기만 하던 니바가 밖으로 나다니기 시작했다. 니바는 아이들이 학교에서 돌아올 오후쯤이면 기다렸다는 듯이 밖으로 나갔다. 니바는 말도 잘 알아먹었다. "인자 되아부렀네 기운채렸네 우리 니바가." 대문 밖으로 뛰듯 달려나가는 니바의 뒷모습을 보는 박씨가 안도했다. 대문 밖으로 달려나갔던 니바가 오른 쪽 어깨에 무언가를 지고 들어섰다. 어깨에는 종이로 만든 크고 작은 딱지가 한 짐이 들려있었다. 니바의 얼굴은 상기되어 있었다. 그리고 의기양양했다. 니바는 그 딱지뭉텅이를 툇마루 한 쪽 끝에다 내려놓았다.

"이것이 뭐다냐?"

"딱지요. 딱지도 모른갑소."

"얼라 야 잠 보소. 누가 몰라서 묻간디? 어디서 났냐 말이다."

"내가 땄소. 딱지치기 혀서 땄단 말이오."

자그마하고 눈은 맑으며 늘 기운이 없었던 그 니바가 아니었다. 니바는 지금 의기양양해 있었다. 니바는 지금 자기보다 더 크거나 자기 또래의 아이들에게 딱지를 따가지고 마치 개선장군처럼 집에 돌아온 것이다. 니바에게 딱지를 잃은 아이들은 지금 속쓰려 하고 있을 것이었다. "이 녀석 보소." 평상시 보이던 니바의 모습이 아니었다. 니바의 상기된 얼굴을 보면서 박씨는 속으로 다시 한 번 "인자는 되얐네. 인자는 되얐어." 했다. 니바가 건강한 아이로 돌아온 것이다. 약하디 약해서 귀도 안들리고 그러자니 말도 안되었던 철경이었다. 본인은 또 얼마나 답답했을까. 그런데 이제는 예전의 그 니바가 아니었다. "아이고 삼신할머니 고맙소 고맙소." 매일 새벽이면 뒷산 생수를 받아다가 장독대에 올려놓고 치성을 드렸던 박씨였다. 막내아들이 말도 못하는 벙어리가 될까 봐 노심초사 했던 박씨는 그제서야 안도의 한숨을 내쉬었다.

삼막리의 130호 중에서 기와집은 철경의 집 밖에 없었다. 마을 사람들은 그래서 철경의 집을 '지와집'이라고 불렀다. 그래서 철경은 '지와집 니바'였다.

그 지와집에서 동네 아낙들은 바느질을 했다. 철경은 그들 옆에 엎드려서 만화책을 보고 그렸다.

누런 비료 포대를 찢어서 그것에다가 그림을 그렸다. 그럴 때면 동네 아낙들은 "우리 니바 그림 잘그리네, 워따 이쁜거." 했다. 철경은 그 소리가 좋았다. 으쓱했다. 아낙들이 그런 소리를 하는 것을 보면서 철경의 어머니도 싫지 않았다. 철경은 해를 넘기고 무사히 광석국민학교에 재입학을 했다. 또래의 아이들보다 한 살 늦게 국민학교에 입학한 것이다.

철경은 그림 그리는 것이 좋았다. 그리고 재주도 있었다. 철경의 그림은 학급게시판에 곧잘 붙여져 있었다. 그즈음 철경의 큰형님인 철주는 서울에서 크레파스를 사 가지고 왔다. 연필로만 그림을 그리던 철경에게 색색의 크레파스는 새로운 세계였다. 크레파스를 종이에 쓰윽 그으면 종이에는 색색의 세상이 펼쳐졌다. 그런데 크레파스는 비싸서 마구 쓸 수는 없는 노릇

이었다. 아껴야 했다. 아끼느라고 크레파스를 잘 쓰지도 못하는 철경의 눈치를 챈 철주는 어린 동생에게

"우리 니바 그림 마음껏 그리라고 이 성님이 사 온 거니까 마음껏 쓰그라. 또 사오면 되니께."

"참말요?"

"오냐 그렇다마다. 마음껏 쓰그라. 내가 또 사올테니."

"고맙구만요."

"어린 것이 인사도 할 줄 아는갑다." 하며 철주는 어린 막내의 머리를 쓰다듬어주었다. 막내의 맑고 깊은 눈망울은 언제 보아도 이뻤다. 사내녀석이 어쩌케 이리도 이쁠소.

소년의 꿈

진도 종합고등학교 2학년에 막 올라간 철경에게 한 장의 편지가 왔다. 발신지는 전라북도 이리시였다. 진도중학교 때 미술을 가르쳤던 하운길선생의 편지였다. 하운길은 철경이 중학교 3학년 되는 해에 전라북도 이리시에 있는 원광고등학교로 전근을 갔다. 재작년의 일이다. 철경의 그림 재주를 유난히 살피던 선생이었다. 그 하운길이 편지를 한 것이다. 내용은 간단했다. 너의 그림 재능을 살리자. 이곳으로 와서 나하고 같이 있자. 내가 하숙하는 집 근처에서 자취를 하거나 하숙을 하면서 그림공부를 하자. 내가 원광고등학교에 전액 장학금은 어렵지만 반액 장학생으로는 추천할 수 있다. 생각해 보고 연락을 해라. 이런 내용이었다. 이리에 와서 미술학원도 다니면서 그림공부를 구체적으로 하라는 것이었다. 고등학교 미술반에서 하는 공부만으로 미술대학교 입시를 치른다는 것은 현실적으로 불가능한 일이었다. 철경은 서울대 미대를 꿈꾸고 있었다. 그러지 않아도 이래저래 고민이 많던 철경이었다. 도무지 가능할 것 같지 않은 목표였다. 그러던 차에 중학교 때 미술선생님의 편지를 받은 것이다. 그 편지 한 장만으로도 철경은 위안이 되었다. 철경에게는 기회였다. 이리시로 유학을 갈 것인가 말 것인가는 고민을 하고 말고의 문제가 아니었다. 무조건 선생님의 말씀을 따라야 할 상황이었다. 철경은 그렇게 해야 서울대학교 미대에 원서라도 낼 수 있을 것이었다. 그런데 부모님을 설득시키는 것은 어렵지 않겠으나 문제는 유학비용이었다. 자취를 한다고 해도 방을 얻어야 했다. 집을 떠나서 산다는 것은 결국에는 다 돈으로 해결해야 될 일이었다. 유학비용을 어떻게 마련하느냐가 관건이었다. 환갑이 다 되어가는 부모님이 유학비용을 마련할 수는 없는 노릇이었다. 농촌에서 세끼 밥을 먹는 것이야 농사를 지으니까 해결이 되었지만 목돈을 마련하는 데는 어려움이 있을 수 밖에 없었다. 철경은 그러한 고민을 큰형인 철주에게 털어놨다. 그 즈음 외지생활을 하던 철주가 한동안 진도집에 머무르고 있었다. 다행히도 철주가 철경의 유학에 선뜻 찬성을 했다. 그리고 철주는 바로 철경의 유학준비에 나섰다. 아무리 큰형이라지만 그렇게 상당한 목돈을 막내동생에게 내놓는다는 것이 결코 쉽지는 않은 일이었다. 하지만 철주의 막내동생 철경에 대한 사랑은 유별났다.

"잘 되았다. 선생님이 그렇게 연락해 주셨다면 다 너를 아껴서 그러는 것이니까. 가그라. 내가 어떻게든 마련해 보마."

"지가 형님께 짐이 되는구만요."

"아따 뭔 그런 소리를 다 한다냐. 내가 이리에 가서 월세든 전세든 방쎄두 알아보고, 어디쯤이 좋을지 둘러보고 선생님도 만나보마."

"감사하요. 성님."

"형제간에는 그런 소리 안하는 것이여. 너는 그저 열심히만 하믄 되니께."

철주는 말이 나온 김에 이리에 가서 하운길을 만나고 철경이 자취할 집도 정해놓고 왔다. 철주는 그리고 철경의 학비와 용돈을 마련해 주었다.

"애껴 쓰고 자취할 집은 주인의 인심이 좋아보이더라. 그래서 내가 안심은 한다. 내가 연탄도 한 오십장 들여놨으니까 아끼지 말고 때고, 가서 항상 몸 조심하고 공부 열심히 하고."

철주는 외지생활 하면서 벌어온 돈을 막내동생에게 아낌없이 썼다. 철경은 그저 막연하게 큰형님이 돈을 쓰셨다고만 생각했지 그동안 모아두었던 돈을 모두 철경에게 주었다고는 생각하지 못했다. 그것까지 생각하기에는 아직 철경은 어렸다. 그렇게 철경의 유학 준비는 일사천리로 진행되었다. 철경의 모친 박씨는 철경을 육지로 보내면서 한참이나 눈물바람을 했다. 철경의 부친은 꼬깃꼬깃 모아두었던 백원권 지폐 몇 장을 철경의 손에 쥐어주었다.

  목포항에 도착한 철경은 목포역에서 이리로 가는 호남선 기차에 몸을 실었다. 그리고 다섯 시간 정도 지나서 이리역에 도착했다. 이리역에 내린 철경은 넓게 펼쳐진 레일들과 여러 갈래로 기차가 교행하는 규모와 붐비는 인파에서 주눅이 들었다. 이리역은 여수까지 가는 전라선과 목포까지 가는 호남선이 있었다. 그리고 일제 강점기 때 김제평야에서 나는 쌀을 실어 나르려고 만든 군산선도 있었다. 이리에서 실은 쌀은 군산항에서 일본으로 갔을 것이다. 많은 사람들이 기차에서 내렸다. 철경은 한참이나 사람들 속에서 두리번거렸다. 몇 개의 승하차장과 화물열차가 빼곡하게 서 있는 이리역에서 철경은 정신을 바짝 차려야 했다. 이리역은 대전역 다음으로 규모가 큰 역이었다. 그렇게 큰 역을 처음 접하는 철경으로서는 현기증이 날 만도 할 일이었다. 특히 철경은 이제부터 모든 상황을 혼자만의 힘으로 대처해야 했다. 이리역을 빠져나온 철경은 철주가 적어준 주현동의 자취방을 어렵게 찾아갔다. 자취생활 할 짐 없이 몸만 가면 될 일이라 그나마 다행이었다. 큰형님인 철주가 철경에게 자취할 짐들은 미리 화물로 부쳐서 자취방에 가져다 놓았다고 했다. 이리로 오기 전날 저녁 철경이 철주에게 용돈을 받으면서 들은 말이었다. 주현동은 주택가가 제법 형성된 동네였다. 그리고 철경이 어렵게 당도한 자취방집은 마당이 넓은 개량한옥이었다. 동네에서 가장 눈에 뜨이는 집이었다. 철주는 막내 동생의 자취방을 가급적이면 넓고 깨끗한 집을 구해주려고 했을 것이다. 철경은 자취방집을 확인하는 순간 그런 큰형의 마음 씀씀이가 느껴졌다. 철경이 열린 철대문을 열고 들어가자 마당 가운데에 펌프가 있고 커다란 고무대야가 눈에 띄었다. 그 커다란 고무대야의 한 쪽을 철사 같은 것으로 꿰멘 것이 철경의 눈에는 인상적으로 다가섰다.

그 고무대야의 소박한 모습에서 철경은 낯선 집에 대한 긴장이 풀리고 있음을 느꼈다. 그러나 진도에 있는 철경의 집처럼 안마당에 화초나 나무가 무성하지 않았다. 그저 듬성듬성 꽃나무 몇 그루가 있었다. 바로 우측에 방이 둘 있고 좌측으로는 조그만 창고가 있었다. 안채는 방 두 개를 사이에 두고 거실마루가 있었고 그 앞으로 사람이 앉을 만큼의 덧마루가 있었다. 철경의 방은 대문 우측 두 번째 방이었다. 방문의 우측 앞에는 연탄 아궁이가 있었고 아궁이 옆에 신발을 벗어놓고 방으로 들어가는 그런 구조였다. 방은 철경 혼자

쓰기에는 넉넉했다. 비닐장판은 아랫목이 까맣게 타서 눌어버린 채로 깔려 있었다. 방문에서 마주 보이는 쪽에 철경이 들고 다니는 가방만 한 창문이 있었다. 주인 내외인 듯 한 중년의 부부가 철경을 맞이했다. 남자는 조용했고 부인 또한 조용조용히 철경에게 쓸 방을 안내하고 안채로 들어갔다.

"먼저 큰형님이라고, 그 양반이 짐을 받아다가 방에 들여다 놓고 갔으니까 찬찬히 정리해요. 방을 조금 비워놨더니 곰팡이가 필 거 같아서 내가 아궁이에 연탄은 올려놨으니까 방바닥에 온기가 있을 거예요." 철경은 주인댁 아주머니의 친절에 "예 예 감사합니다."를 연발했다. 그러면서 철경은 아궁이에 철쭉 뿌리로 밑불을 하고 나무로 불을 때는 진도 집과는 다른 환경에 적응하고 있었다. 연탄을 때야 한다. 여기 오기 전 큰형님으로부터 들었던 이야기가 떠올랐다.

"너 이리 올라가믄 인자 연탄 아궁이에다가 연탄을

때야 하는데 너 읍내에서 연탄은 본적 있지야?"

"연탄은 알지요."

"그러믄 되얐다. 연탄 아궁이에 연탄이 두 개가 들어간다. 자 한나는 밑에다가 불이 붙은 거 그리고 그 위에다가 새 연탄을 올리는데 이때 연탄에 왜 구멍들 안있냐?

그거를 잘 맞춰야 연탄불이 안꺼져. 불이 꺼지믄 안되니까. 가서 안되믄 물어 그냥 물어보면 되야. 알겄지?"

텅 빈 방에서 짐을 대강 정리하고 나니까 비로소 집을 떠난 것이 실감이 났다. 이제부터 객지생활의 시작이었다. 갑자기 배가 고파졌다. 그러고 보니 아직 점심을 먹지 못했다. 새벽부터 집을 나선 철경은 목포역에 도착해서야 겨우 우동 한 그릇으로 끼니를 때웠었다. 아직 여름의 끝자락이어서 그렇지 가을만 되도 지금쯤이면 어두울 때였다. 저녁 식사 때가 지나도 훨씬 지난 것이다. 물론 철경은 무슨 일을 시작하면 아예 식사를 거르는 습관이 있었다. 특히 그림 그릴 때에는 배가 고픈지, 식사를 언제 했는지 모를 정도로 집중해 가면서 그렸다. 생각해 보면 아직 열 살도 되기 전부터 동네 깨복쟁이 친구들하고 딱지치기를 할 때도 철경은 그랬던 것 같다.

철경이 쌀을 씻어서 연탄 아궁이위에 솥을 올려놓고 있는데 하운길이 찾아왔다.

"철경이 많이 컸구나. 반갑다."

"오메 어쩌케 오셨다요. 선생님이."

"그럼 내가 와 봐야지. 오는데 고생 많이 했쟈? 밥 하는구나. 어서 하거라. 배고프겠다. 이거 오면서 라면 몇 봉지 사 왔다. 끓여 먹으면 맛있다. 반찬 없이 먹어도 돼고."

"아이구 이거 고맙구만요. 선생님 그동안 잘 계셨소?"

"그럼 잘 있었으니까 여기까지 너를 불렀지."

하운길은 같은 주현동에서 하숙을 하고 있었다.

철경은 다음날 선생님의 주선으로 원광고등학교의 반액 장학생으로 전학 수속을 마쳤다. 이제 원광고등학교 학생이 된 것이었다. 철경은 미술반에서 수시로 하운길의 개인지도를 받았다.

그런데 전학을 하고 여름방학이 지나서 10월이 되도록 철주로부터 돈이 오지 않았다. 대신 철경은 철주로부터 한 통의 편지를 받았다. 내용은 대강 이랬다.

"철경 보아라. 너도 앞으로 세상을 살아나가려면 담력도 키우고 배짱도 있어야 한다.

지금 돈벌이가 여의치 않아서 그러니 너는 이 편지를 받으면 이리시장님을 찾아가라. 가서 돈을 빌려라. 돈을 빌려주시면 꼭 갚겠노라고 말씀드리고 돈을 빌려라."

이런 내용이었다. 청천벽력과도 같은 편지였다.

철경은 맏형의 편지를 받고 며칠 째 잠을 이룰 수가 없었다. 큰형님이 이리 시장님과 무슨 인연이라도 있다면 모르겠지만 이건 정말 말이 안되는 편지였다. 그냥 요즘 돈벌이가 시원치 않으니 몇 달만 어떻게 버티라는 그런 편지도 아니고 참 갑갑한 노릇이었다. 하지만 철경은 며칠 고심 끝에 철주의 편지대로 이리시장을 만나기로 마음을 먹었다.

철경은 이리시청을 찾아갔다. 시장실은 이층에 있었다. 일층에 있는 정복차림의 수위에게 물어보니까 이층으로 올라가라고 했다. 중앙계단으로 해서 이층에 올라가니까 바로 우측에 시장실이 있었다. 시장실 앞에서 철경은 한동안을 머뭇거렸다. 시장실 바로 앞에서는 여비서가 손님을 안내하고 있었다. 비서가 "학생 어쩐 일이세요?" 하는데 철경은 차마 입이 떨어지지 않았다.

"저 저."

"학생 무슨 일로 왔어요? 혹시 시장님 뵈러 왔어요?"

철경이 간신히 고개를 끄덕였다.

"저 저." 철경은 비서의 채근에도 여전히 말을 떼지 못하고 있었다.

"학생, 무슨 일이죠? 말을 하세요."

"저 저 사실은 시장님께 돈 돈을 빌리러."

철경은 억지로 겨우겨우 한마디씩 말을 꺼냈다.

"뭐라구요? 시장님께 돈을 빌리러 왔다구요?"

여비서는 철경의 말에 어이가 없는 듯 했다. 시장실 비서하는 농안 시장님을 찾아오는 사람들을 여럿 봤지만 이런 경우는 처음이었다. 여비서는 따로 사람들에게 연락해서 이 학생을 쫓을까도 생각했다. 그러다가 그냥 자신이 돌려보내기로 마음을 먹었다.

"학생, 시장님한테 이렇게 돈을 빌리러 오는거 아니

예요. 학교에서 그렇게 가르치지는 않았을 거 아니예요? 돈이 필요하면 신문배달을 한다던지 해서 벌 생각을 해야지 이렇게 시장님을 찾아오면 어떡해요?"

철경이 듣기에 여비서는 구구절절이 맞는 이야기를 하고 있었다. 철경은 도저히 그 자리에 있을 수가 없었다. 말할 수 없이 창피했다. 철경은 여비서에게 인사를 하는둥 마는둥 하면서 성급히 그 곳을 나섰다. 이리시청 로비로 내려오는 계단이 그렇게 길었고 시청사에서 정문까지의 길이가 너무 길었다. 철경은 어서 이리시청을 벗어나야 했다. 눈물이 주체할 수 없을 정도로 흘렀다. 부끄럽고 자신이 무기력하고 원망스러웠다. 아무리 어렵더라도 이건 아니었다. 여비서 말대로 차라리 새벽에 신문배달이라도 할 일이었다.

철경은 그동안 자취방 동네의 구멍가게에서 라면을 외상으로 한 박스 사서 그것으로 끼니를 때우고 있는 중이었다. 형님으로부터 돈도 오지 않는데 진도 고향집에서는 쌀도 오지 않았다. 벌써 보름이나 라면으로만 끼니를 때웠더니 변도 제대로 안나왔다. 염소똥같이 까맣고 동글동글한 거 몇 개만 겨우 겨우 나왔다. 처음 라면을 먹을 때는 그렇게 맛있던 것이 이제는 물려서 라면 냄새도 싫었다. 그래도 별 수 없었다.

  자취방이 있는 주현동까지 걸어오면서 철경은 서글픈 와중에도 따뜻한 밥 한 그릇 생각이 났다. 고봉밥에 김치 한 사발 그리고 콩나물국이면 세상 부러울 것이 없을 것 같았다. 주현동 자취방까지 걷는 한 이십분 동안 철경은 밥 생각을 하는데 불쑥 여비서의 꾸지람 생각이 떠올랐다. 창피했다. 그리고 배도 고팠다. 대학을 가려면 화실도 다녀야 되는데 이건 뭐 당장 끼니 걱정부터 하고 있으니, 이런저런 생각들이 어지럽게 머리속을 돌아다녔다. 기운이 없어서 제대로 걷기조차 힘이 들었다.

철경이 축 늘어진 채로 자취방에 도착해보니 거짓말 같은 일이 벌어져 있었다. 자취방집 대문 문턱을 넘자마자 자취방집 조카딸인 정애가 "오빠 진도에서 화물 왔어. 짐이 많아. 아까 큰아버지가 화물 찾으러 갔다가 오빠 짐도 같이 찾아오셨대." 하면서 숨이 넘어갔다. 정애는 자취방집 주인의 조카였다. 그녀는 큰아버지 집에서 학교를 다니고 있었다. 나이로는 철경보다 두 살 아래였다. 고등학교 1학년 다니는 정애는 붙임성이 있었고 발랄했다. 철경이 자취방집에 세 들어오는 날부터 "집이 어디냐? 어떻게 이리로 오게 되었느냐? 어느 고등학교로 전학 온거냐." 물었다. 철경이 "그림 공부 때문에 전학 왔다." 하면 정애는 "그림을 잘 그리겠네, 나두 그림은 좋아하는데 소질은 없는 것 같다." 이런 식으로 철경을 따라다니면서 쉴 새 없이 재잘거렸었다. 방 닦으라고 걸레도 빨아다 던져주기도 했다. 그렇게 철경에게 붙임성 있게 다가섰던 정애였다. 그런 정애였으니 아침저녁을 라면으로 때우는 철경이 무척이나 안되어 보였을 것이었다. 그런데 마침 화물이 도착했으니. 정애가 신이 날 만도 했다. 정도 많은 여학생이었다. 막내로 자란 철경으로서도 '오빠 오빠' 하면서 따르는 정애가 싫을 리 없었다.

과연 정애의 말대로 철경의 자취방 앞에 진도 고향집에서 보낸 짐이 놓여 있었다. 두달만이었다. 철경은 고향 진도에서 보내온 화물을 보자 울컥했다. "아따 사내자슥이 눈물도 참 많다." 속으로 이야기 하면서 화물을 찬찬히 쓰다듬었다.

"오빠 오늘은 짐이 많네. 쌀도 많고 뭐 속에 먹을 거 두 많을 거 같은데. 오빠 이건 혼자 먹으믄 안되는거 알지?" "뭐 먹을 것이 있다냐. 그냥 쌀이랑 거시기한 것이랑 있겄제."

옆에서 정애가 재잘거렸다. 그러는 정애를 보면서 철경은 마음이 따뜻해지고 있었다.

"오빠 밥 해야지. 내가 안쳐줄까?"

"별소리럴 다헌다. 내가 해야제. 아따 니가 나보다 더 좋은갑다." 정애가 내친 김에 밥까지 해준다는 말에 철경은 손사래를 쳤다. 마음이야 고맙지만 그건 안 될 말이었다.

진도에서 화물을 보내면 그 짐이 목포에서 한번 모아졌다. 그 짐들이 목포에서 이곳 이리까지 오는데도 시간이 걸렸다. 짐이 차야 화물이 운송되는 관계로 짐이 없으면 보름이고 이십 일이고 걸렸다. 그렇게 오래 걸리는 화물이 이제야 도착했다. 철경은 화물을 풀었다. 쌀이 세 말은 되어 보였고 제사 지낼 때 올린 떡과 누룽지가 같이 들어있었다. 그런데 떡은 곰팡이가 다 피어서 도저히 먹을 수 없게 되어 있었다. 그나마 누룽지는 바짝 마른 것이라 온전했다.

철경은 그날 깊은 잠이 들었다. 무척이나 오랜만에 고봉밥을 양껏 먹고 난 뒤였다. 반찬이라고는 딱 간장

종지 하나 놓고 먹은 밥이었지만 입에서 살살 녹는 쌀밥은 그동안의 배고팠던 설움을 일거에 날리고 있었다.

"오빠, 밥 안해? 어쩐 일이래 아직까지 자고."
"그러게 말이야. 우리보다 일찍 일어나는 학생이 어쩐 일일까? 한번 더 불러 봐."
방문 밖에서 정애의 소리가 났고 다시 문간방에 세든 아주머니의 목소리도 들렸다.
"야 일어났어라."
모처럼 깊고 달콤한 잠을 잔 것 같다. 방문으로 들어오는 아침 햇살이 어둠을 밀어내면서 모처럼 따뜻했다.

그로부터 며칠이 지나서 철주로부터 전신환이 왔

다. 달리 편지는 없었다. 철경은 구멍가게부터 가서 외상값을 갚았다.

철경은 그렇게 원광고등학교 2학년 2학기의 중반을 보내고 있었다.

철경은 돈을 벌기로 했다. 아무래도 철주로부터 당분간은 돈이 올 것 같지 않았다. 철경은 궁리 끝에 자신의 그림 재주를 발휘하기로 했다. 크리스마스 카드를 만들어서 팔기로 한 것이다. 잘 만들 자신도 있었다. 인쇄한 크리스마스 카드보다는 직접 그려서 만든 카드는 인기가 있었다. 인쇄한 카드보다 비쌌지만 그 값을 했다. 직접 그린 카드와 인쇄된 카드는 받는 사람 입장에서 다를 수 밖에 없었다. 보내는 사람의 정성 차이였다. 철경은 학교 앞 문방구에서 크리스마스 카드의 판매계약을 했다. 문방구에서는 대환영이었다. 계약이라고 해야 철경이 크리스마스 카드를 만들어서 맡기면 문방구에서는 그 카드를 팔고 그 카드대금을 철경과 반반 나누는 것이었다. 문방구에서도 그림을 잘 그리는 학생이 크리스마스 카드를 만들어서 대주고 판매대금을 반으로 나누자는데 거절할 이유가 없었다. 오히려 굴러들어온 떡이었다. 그리고 철경은 같은 반 친구들에게도 거래를 제안했다. 철경의 반 친구들 또한 철경의 제안을 마다할 이유가 없었다. 그들은 누구보다 철경의 그림솜씨를 잘 알고 있었다. 카드를 팔 준비는 되었고 이제 철경은 카드만 그리면 되었다. 만들기만 하면 어지간한 돈은 만들 자신도 있었다. 철경이 카드를 만들어서 팔기로 하고 카드 만드는 준비를 하는데 정애가 마침 철경의 방으로 들어오면서 말했다. 어디선가 철경의 계획을 들은 모양이었다.

"오빠 내가 카드 만드는 거 도와줄까?"

철경은 손이 부족하던 차였다. 카드를 될 수 있는 한

많이 만들어야 하는 철경으로서는 마다할 일이 아니었다.

"좋지."

그렇게 철경은 정애의 도움을 받아서 열심히 카드를 만들고 그리기 시작했다. 문방구에서 카드재료를 잔뜩 외상으로 구입해 온 상태이기도 했다.

벌써 밤 열시를 지나고 있었다. 철경의 옆에서 열심히 카드용 종이를 오리고 접는 일을 하던 정애의 봉긋한 가슴이 철경의 눈에 들어왔다. 키는 작았지만 가슴이 유난히 도드라진 정애는 또래보다 성숙했다. 철경의 눈치를 아는지 정애의 숨결도 콩닥콩닥 하는 것처럼 느껴졌다. 철경의 머리가 순간 하얗게 되면서 아득해졌다. 정애의 도톰한 입술과 봉긋한 가슴이 철경을 아득하게 했다.

"이제 그만 허자."

철경이 숨을 가다듬고 정애에게 이야기했다. 주섬

주섬 카드를 정리했다.

"왜 더 하지."

정애가 모르는 듯 철경에게 물었다.

"인자 너무 늦었어. 그만 가서 자고 내일 보자."

그러는 철경을 빤히 쳐다보던 정애가 "그래. 내일 또 도와줄게." 하고 일어섰다.

정애는 아무런 내색을 하지 않는데 철경 혼자서 어색했다. 그리고 철경은 방을 나서는 정애에게 도와줘서 고맙다는 인사도 하지 못했다. 정애가 철경의 방을 나서서 본채로 퐁당퐁당 뛰어갔다. 철경은 정애를 보내놓고 밤새 카드를 만들었다.

철경은 정애가 자르고 접어준 카드종이 위에 청색으로 기본 칠을 했다. 거기에 커다란 창문을 그리고 그 창문 한 옆으로는 주황색으로 커텐을 그렸다. 그리고 앞으로는 도드라지게 촛불을 그렸다. 창문 밖에는 멀리 교회가 보이고 걸어가는 남녀가 그려졌다.

그리고는 그 그림 위에 하얀 망사를 오려서 붙였다. 그림이 끝나고 더 신경이 쓰이는 것은 영어로 Merry Christmas를 쓰는 것이었다. 한 자라도 틀리면 다시 그려야 하는 관계로 철경은 조심조심 영어를 써내려 갔다. 카드 그림이 완성되면 잘 말렸다가 속지를 안에 다 붙였다. 카드 한 장이 완성된 것이다. 철경이 보기에 제법 그럴 듯 했다. 철경은 이 카드를 샘플로 해서 본격적으로 그리기 시작했다. 정애가 준비해 놓은 카드 종이는 많이 있었다.

철경의 카드 장사는 대 성공이었다. 원광고등학교는 물론이고 원광중학교와 남성고등학교, 이리여자고등학교까지 소문이 나서 불티나게 팔려나갔다. 문구점이나 같은 반 친구들은 철경에게 어서 카드를 그려내라고 난리였다. 그럴 수 밖에 없는 것이 카드의 판매 대금 중 반은 자신들의 몫이니 그럴 만도 했다. 정애는 철경이 귀가하기도 전에 철경의 방에서 카드 만들 준비를 하고 있었다. 철경은 돈이 쥐어지는 바람에 힘든 줄도 모르고 카드를 그려댔다. 모처럼 같은 반 친구들과 중국집에서 짜장면을 먹는 호사도 부렸다. 정애에게는 카드를 여러 장 만들어 주었다. 철경의 카드 사업은 성공이었다. 철경은 카드 판 돈으로 당장의 궁핍한 생활에서 벗어났다. 뿐만 아니라 화실을 찾아가서 배울 약간의 여유도 생겼다. 본격적인 미대입시 준비를 할 수 있게 된 것이었다.

겨울방학의 시작과 동시에 철경은 이리에서 제일 유명한 알타미라 화실에 등록을 하였다. 알타미라 화실은 중앙동 이리여고 후문 근처에 있었다. 원광고등학교에서는 걸어서 사십 분 거리였다. 알타미라 화실의 이중희 원장은 고등학교 3학년 때 국전에서 수채화부문 입선을 한 작가였다. 미술반 선생님인 하운길의 조언도 있었고 해서 철경은 알타미라화실에서 모자라는 미술실기를 익혔다.

알타미라화실에서는 석고 뎃생부터 시작했다. 이중희 원장은 별로 말이 없는 사람이었다. 딱 할 말만 하는 그런 사람이었다.

"하선생님 밑에서 그림을 배웠다고 하니까 기본은 되었을 것이고, 그럼 석고 데생부터 한번 해보자. 우선 저 아리아스를 한번 그려보자."

"아리아스라? 저 딱 한번 밖에 안그려봤는데요?"

"잘 그리라는 것이 아니고 내가 자네 그림정도를 한번 볼라고 하는 거니까 그냥 맘 편허니 그리라고."

이중희 원장이 자신의 그림 실력을 한 번 보고 어떻게 지도할 지를 판단하겠다는 이야기인데, 어쩌면 당연한 순서인데도 철경은 긴장했다.

철경은 늦게까지 아리아스를 그렸다. 그리고 그 그

림을 본 이중희 원장은 별 말이 없이 화실을 나갔다. 철경은 아무런 말도 하지 않고 나가는 원장의 뒷모습을 보면서

속으로 "저것이 뭔 반응이다냐?" 했다. 잘 그렸으면 잘 그렸다. 아니면 형편 없으면 형편없다. 뭔 말을 해야 내가 알아먹고 더 연습을 하던가 하지. 답답할 따름이었다.

다음 날 아침 철경은 알타미라 화실에 출석했다. 마침 화실에는 이중희 원장이 화판을 마주하고 앉아있었다. 그림을 그리고 있는 듯 했다. 어깨너머로 그림의 강렬한 색상이 보였다.

"선생님 저 왔습니다."

"어 일찍 왔구나."

원장이 고개를 돌려서 철경의 인사를 받았다. 그리고는 자신의 그림 작업을 정리했다.

"지가 너무 일찍 왔는 모양이네요."

"아니다. 어젯밤부터 해서 막 접으려던 참이야."

"그럼 밤을 새우셨단 말인게라?"

원장이 빙긋이 웃으면서 고개를 끄덕였다. 밤을 새웠다는 원장의 얼굴에 피곤은 보이지 않았다. 다만 그에게서는 포만감이 느껴질 뿐이었다.

"마침 일찍 와서 다행이다. 어제 그림 보고 내가 해줄 말이 있다. 너 하선생님 밑에서 그라데이션 연습은 충분히 한 거 같다. 그런데 그거는 그야말로 아주 기본이야. 어제 그림은 인상이 안나왔어. 인상을 잡아야지. 그리고 하선생님한테는 따로 연필로 석고 중심을 잡는 거, 중심이 어디인지 잡고 입술선 잡고 턱선 잡고 이런 거 더 배워, 여기서는 정물도 하고 그럴거니까.

우선 오늘 왔으니까 지금 말한 거 다시 복기하면서 연습하도록. 자 기왕 왔으니까 결말이 있어야지."

"예, 알겠습니다. 열심히 하겠습니다. 선생님 갈쳐만 주십시오."

"옹냐. 한번 해보자. 하선생께 안부도 전해주고."

"예 그렇게 하겠습니다."

말이 없어 보이는 사람에게서 폭포 같은 말들이 쏟아져 나왔다. 원광고등학교 미술반 하선생님과는 또 다른 깊이가 느껴졌다. 고등학교 3학년 때 대한민국 국전에서 입선을 했다더니 그 명성이 허명이 아님을 잠깐의 대화에서 철경은 느끼고 있었다.

그럼에도 자신보다 겨우 여섯 살 많은 원장이 언제 이렇게 그림공부를 해서 국전에도 입선을 하고 이렇게 번듯한 화실도 하고 있는지 그저 부럽기만 했다.

말을 마친 원장은 자리에서 일어서더니 화실 가운데에 의자 높이만한 정물대를 갖다놓고 그 위에다가 군화 찌그러진 것을 한 짝 올려놓았다.

"너 오늘 이거 그려봐라. 다른 애들도 오면 동그랗게 앉아서 그리라고 하고. 난 집에 가서 자고 저녁에나 나올테니까."

"예 알겠습니다요."

원장이 나가고 철경은 한참이나 찌그러진 군화 앞에 앉아있었다.

철경은 알타미라 화실에서의 생활에 익숙해져 갔다. 자신이 생각하기에도 그림 실력이 부쩍 성장하는 것을 느낄 수 있었다. 그래서인지는 몰라도 철경은 전라북도 교육청에서 시상하는 별상 수상자에 선정되었다. 이 상은 전라북도를 가장 빛낸 학생에게 주어지는 상이었다. 전라북도 교육청에서는 매년 학생들의 공모전등의 경력들을 취합해서 그 중 업적이 제일 높은 학생에게 이 상을 주었다.

그런데 이 상을 수상한 학생을 이리시장이 직접 불러서 격려를 한다는 연락이 학교로 왔다. "철경이는 내일 아침 학교로 오지 말고 열시까지 이리시청 시장님실로 바로 간다. 가서 시장님께 잘 인사드리고 오도록, 그런데 이리시청이 어디 있는지는 아나?"

"예, 압니다."

철경은 담임선생님으로부터 이 소식을 듣자 잊고 있었던 기억이 떠올랐다. 이리시장실에 돈을 빌리러 갔던, 그래서 여비서에게 꾸지람을 듣고 창피함에 눈물을 뚝뚝 흘렸던 그 기억이 생생하게 떠올랐다. 그 여비서는 아직도 비서로 근무를 할까? 이번에는 돈을 빌리러 가는 것이 아니고 시장님께 칭찬을 들으러 가는 것이다. 그런데 영 개운치 않았다. 시장님이야 가서 뵈면 되지만 그 여비서를 다시 보는 것이 영 쑥쓰러울 것 같았다. 그래도 철경은 이리시청으로 갈 수 밖에 없었다.

그러나 철경의 생각과는 달리 그 여비서는 시장실에 없었다. 다른 곳으로 갔는지 아니면 일이 있어서 못 나온 건지 알 수는 없었다. 철경은 막상 그 여비서를 못 보게 된 것이 아쉽기도 했다.

그날 이리시장은 격려금이라고 쓴 봉투에 백원짜리 신권 열장을 넣어서 철경에게 주었다. 철경은 이리시장의 덕담을 듣고 자리에서 일어났다. 지금으로부터 칠개월 전에 철경은 이 곳 시장실 앞에서 시장에게 돈을 빌려달라는 말을 하려다가 못하고 발길을 돌렸던 기억을 새삼 되짚으면서 이리시청을 나섰다.

철경은 알타미라화실에서 밤 늦도록 그림을 그리다가 통행금지 시간이 되면 화실 한 옆에서 웅크리고 잤다. 그리고 아침이 되면 그대로 학교에 갔다. 학교에서는 미술반의 하운길 선생의 지도를 받았다. 목표는 서울대학교 미술대학이었다. 중학교 때만 해도 멋모르고 서울대학교 미술대학에 간다고 했었지만 지금은 실력으로 서울대학교 미술대학의 입시를 준비하고 있었다.

그러나 철경은 서울대학교 미대입시에서 두 번 실패

했다. 두 번 째는 재수였는데 이 때는 알타미라 화실의 이중희 원장이 아주 방을 빼서 화실로 들어오라고 배려해 주었다. 청소나 하면서 있으라고, 그리고 레슨비도 받지 않겠다고 했다. 그는 철경의 그림 재주를 아꼈다. 서울대학교 미술대학교에 들어가고도 남을 실력이라고 그는 확신을 했다. 미대입시의 경우 서울대 미대는 실기를 무엇으로 할 것인지를 당일 날 아침에 제비뽑기로 정했다. 그런 연유로 서울대 미대를 가고자 하는 학생들은 인물소묘, 석고데생, 수채화 모두를 열심히 연마해야 했다. 철경은 서울대 미대를 진학할만한 충분한 실력이 되었다. 그러나 철경이 입시에서 고배를 마신 것은 미술실기보다는 영어실력 때문이었다. 영어 공부를 따로 할 수 없었던 철경이었다. 그것은 이중희 원장이나 하운길이 해 줄 수 있는 것이 아니었다.

    그렇게 대학입시에서 두 번 실패한 철경의 앞에는

군 입대가 기다리고 있었다. 대한의 아들들이라면 모두가 감당해야 하는 의무였다. 미술대학에 진학을 했으면 학업을 마치고 군대에 가거나 중간에 군대에 가거나 선택의 폭이 있었지만 지금 철경 앞에 놓인 것은 입영통지서였다.

남농선생에게 배우고 싶소

철주와 철경이 술잔을 마주하고 있다. 철경이 36개월의 군복무를 마치고 진도에 돌아온 날 저녁이었다. 철주내외가 거주하는 별채에서의 술자리였다. 진도홍주에 간재미회가 술상에 올려져 있다. 철경이 좋아하는 흑미 인절미도 한 접시 올라온 걸 보니 형수가 막내시동생 술상을 차리느라고 읍내까지 나가서 장을 본 모양이었다.

　진도홍주는 고급 술이라 평소에는 먹을 수 없는 그런 술이었다. 진도에서만 맛볼 수 있다는 이 술이 상에 올라온 걸 보면 철주내외의 정성이 여간 아니었다. 철주보다 열 아홉 살이나 어린 막냇동생이라 어떻게 보면 자식같은 동생이기도 했다.

　서울대학교 미술대학을 두 번이나 도전했다가 좌절했던 철경이었다. 다른 대학은 아예 쳐나보지도 않던 철경은 결국 두 번의 대학입시 좌절과 함께 군에 입대했었다. 물론 가족 중 누구도 철경에게 꼭 서울대학교에 가야 한다고 이야기를 한 사람은 없었다. 그건 오직 철경 혼자만의 생각이었다. 그러나 시간이 철경을 기다려주지는 않았다. 군입대를 해야 할 나이가 된 것이다. 대학에 입학했다면 상황에 따라시 군 입대를 연기할 수도 있었지만 철경은 단순히 재수생, 삼수생의 신분이었다. 철경은 어쩔 수 없이 군대에 입대해야 했다. 철경은 군에 입대해야 하는 상황을 받아들였다. 아니면 어쩌겠는가. 속만 쓰릴 일이었다. 사십을 넘어서 낳은 자식을 군대에 보내는 철경의 부모님은 벌써 환갑이 훨씬 지난 노인네들이었다. 입대를 앞두고 큰 절을 하는 막내아들 앞에서 아버지는 애써서 눈물을 참고 있었다. 철경의 어머니 박씨는 연신 훌쩍거렸다. 그 길로 멀고 먼 강원도 땅으로 떠났던 철경은 무사히 군생활을 마쳤다. 강원도 인제에 있는 최전방 12사단에서 36개월 동안 사고 없이 잘 지내고 돌아온 것이다. 철주는 막내동생이 군생활을 하는 동안 면회 한번 못 간 것이 못내 미안했다. 먹고 사는 것이 힘들기도 했지만 이곳 남쪽 끝 진도에서 강원도의 최전방부대인 인제군으로 면회를 갔다가 오려면 꼬박 삼일은 잡아야 되었다. 쉬운 일이 아니었다. 일찍 철이 든 철경은 면회 한번 오라는 전갈 없이 묵묵히 군생활을 잘 견뎌주었다. 서글서글한 눈매는 여전했으나 넓은 어깨에다 얼굴이 구릿빛으로 변한 것이 제법 늠름한 청년이 되어 있었다. 어릴 적 워낙 몸이 약해서 귀가 안들리고 그래서 가족들 애간장을 태우던 그 막내 동생이 이제는 어엿한 청년이 되어서 돌아온 것이다. 기특한 것이 꼬박 삼년 하는 군생활 중에도 휴가를 나오면 형님하는 농사일을 돕겠다고 논으로 밭으로 나섰던 철경이었다. 철경은 형수가 차려낸 술상 앞에서 여전히 공손했다. "어이 뭣을 이리 많이 차렸답니까?" "아니오. 마음 같아서는 더한 것도 차려내고 싶소. 니바 좋아하는 인절미는 더 있응께 먹고 더 달라고 하시오." 흑미 인절미는 떡을 좋아하는 시동생 먹으라고 특별히 준비한 음식이었다. 애기 때부터 유난히 찹쌀밥이며 떡을 좋아했던 시동생이었다. 형수는 그걸 기억하고 있었다.

"미안허다, 이 형이 면회 한번 못가불고 어쩌냐. 사는 게 바빠놓은께."

"아니요. 그 먼디를 어째 오겄소. 암시랑토 안헙니다. 당연하지요. 형님, 형수님이 고생 많았지요."

"몸은 건강허냐? 어디 상한디는 없고?"

"건강합니다." "그래 건강해 보인다. 아주 다부져서 왔구나. 한잔 받그라."

철경은 맏형이 따라주는 술잔을 받고 고개를 돌려서 들이킨다.

아무리 형제라고 하지만 철경보다는 열아홉이나 나이가 많은 맏형이라 어렵다. 철경 눈에 이제 맏형은 눈 옆으로 허연 머리카락도 보이는 것이 어엿한 중년의 모습이었다.

"어떠냐. 이제 대학 갈 공부를 해야지?"

철경이 머뭇거렸다. 뭔가 대답을 해야 하는데 속으로 생각이 많은 듯 했다.

철주는 철경이 대학에는 가야겠는데 면목은 없고 그래서 대답을 선뜻 못하는 모양이라고 짐작했다. 이렇게 칠경의 심경을 헤아리면서도 철경이 대학에 못간 것이 영 서운했던 철주는 머뭇거리는 철경에게 홍주를 한 잔 더 따라주면서 대학 이야기를 한 번 더 꺼냈다.

"서울대학교가 어렵지? 아니믄 다른 대학도 생각허냐?"

철경은 형이 따라준 술잔을 비우지 못하고 머뭇거렸다.

맏형님이 고향을 떠나서 지방으로 다니면서 소장수도 하고 서울에서는 공장생활도 하면서 돈 되는 일이라면 이것저것 가릴 거 없이 닥치는 대로 일을 했던 것을 잘 알고 있었다. 그러다가 부모님이 환갑을 지나면서 고향에 안착해서는 논 밭을 억척맞게 개간하고 있는 맏형님이었다. 그 고생이 이만저만한 것이 아닐 터. 형수는 농사일에 더해서 어떤 날은 불쏘시게 한다고 산에 가서 철쭉뿌리를 한 지게씩 지고 왔다. 그만큼 억척스러웠고 고생도 여간한 것이 아니었다.

철주내외가 쓰는 초가별채 끝으로 닭장이 있다.

추운 겨울이라 아직 잠에 들지 못했는지 닭 울음소리가 바람에 실린 노래처럼 들려왔다. 앙상한 감나무 그림자가 방문 앞에서 어른거렸다. 구수한 군불 때는 냄새와 온기가 철경의 몸에 잔잔히 내려앉았다. 아직도 몸에서 빠져나가지 못한 군대의 스산하고 삭막했던 한기는 철주가 따라준 술잔으로 아늑하고 포근하게 바뀌고 있었다. 엉덩이가 따뜻하다 못해서 뜨겁다. 비로소 철경은 고향에 온 것을 느꼈다.

철경은 중학교때 들었던 국사선생님의 말이 스쳐 지나갔다.

우연이었을까 솔거가 스쳐 지나가고 진도 출신의 유명한 화가였다는 소치가 지나갔다. 그의 손자가 남농인데 지금 목포에 있다는 그 말이 지나갔다. 제대를 앞두고 머리 속에 맴돌던 생각이었다.

"형님, 제가 동양화를 해보면 안되겠습니까? 저 남농선생님한테 한번 배워보고 싶은데 방법이 있을까라?"

"남농한테라. 니가야, 어째 괜찮겠냐? 서울대학교는 어짜고."

"제대한다고 하니까. 생각이 많아지는데 어느 날 소

치가 떠오르고 남농이 떠오르더란 말입니다."

"그러냐. 니가 얼매나 생각이 많았겠냐. 다 생각이 있어서 하는 소리겠지. 너는 그림에 소질이 있으니까. 잘 할 거다. 남농이야 워낙 대단한 양반잉께 그 양반 밑으로 들어가면 서울대학교 간 것 보다 잘된 것이다. 우리 집안 형님 안있냐. 장전형님 말이다."

"그 중학교때 농업 선생님했던 분 말입니까?"

"그렇지. 장전 하남호라고 그양반이 집안 친척이라. 인자 아주 유명허재. 그 양반헌티 연락해 보고 날 잡아서 가보자. 그 양반이 처음에는 남농선생헌티 배웠다고 했응께. 방법을 일러줄 것이다. 내가 장전형님이 나하고도 연락은 되니까."

큰형수는 "뭘 잠 또 내올 것이 있을랑가." 하고 부엌으로 나갔다.

철경과 철주는 기왕 말 나온 김에 빨리 날 잡아서 장

전을 찾아가기로 했다. 장전 하남호는 집안 먼 친척 되는데 그는 광주에서 살고 있다고 했다.

철경과 철주는 며칠 기다릴 것도 없이 장전과 연락이 되는대로 광주에 가보기로 했다. 이야기를 마치고 철경이 자리에서 일어났다. 약간의 취기가 올라왔지만 철경은 무언가 새로운 목표를 세우고 나니 기분도 홀가분하고 뿌듯했다. 철주는 연신 막내아우의 손을 잡고 흔들면서 "그래 고생했다. 인자 푹 자그라."를 연발했다.

며칠 후 철주와 철경은 아침 일찍 소포항으로 나갔다. 목포로 가는 배를 타기 위해서였다. 목포까지는 꼬박 서너 시간이 걸렸다. 그것도 날씨가 도와줄 때나 그랬다. 날씨가 험한 날에는 배를 띄우기도 어려웠고 그나마 배가 뜬다고 해도 시간은 장담할 수가 없었다. 다행히도 날씨는 평온해서 배는 목포에 무탈하게 도착했다. 목포에서 내린 철주형제는 이번에는 광주까지

가는 버스를 타야 했다. 이것도 바로 버스를 타게 되면 두 시간 남짓 걸릴 것이다. 그렇게 진도 삼막리의 집에서 아침 일찍 출발한 형제가 광주에 도착할 때는 벌써 겨울 해라서 그런지 어둑어둑했다. 장전 하남호의 집은 광주 농성동에 있다고 했다. 철주와 철경은 농성동 근처의 여인숙에서 자기로 했다. 아무래도 저녁에 방문하는 것은 예의가 아니었기 때문이다.

장전 하남호는 진도출신으로 고향인 진도에서 중학교 교사생활을 했다. 그러다가 뜻한 바가 있어서 목포의 남농 허건에게 그림 공부를 하러 갔는데 남농이 보기에 장전은 글씨에 탁월한 소질이 있어 보였다. 해서 남농은 그를 소전 손재형에게 보내서 글씨를 배우게 했다. 그 전에 남농은 하남호에게 호를 내려줬다. 꾸준히 열심히 하라고 긴 장(長)자에 밭 전(田)자 해서 장전이었다.

장전이 1926년 생이니까 철경보다는 27년이나 위인

부모 나이뻘 되는 이였다. 철경도 장전을 어렴풋이 기억하고 있다. 철경이 진도중학교를 다닐 때 장전 하남호는 농업선생이었는데 칠판 글씨를 기가 막히게 썼었다.

아무튼 남농의 소개로 소전 손재형에게 사사를 받으러 간 장전은 소전으로부터 서예지도를 받고 승승장구하게 된다.

소전 손재형은 진도 갑부의 자제인데 남농 허건보다는 몇 살 아래로 박대통령에게 서예를 가르쳐 준 인물로도 유명했다. 목포에 뿌리를 두고 그림을 그리며 제자를 양성했던 남농과는 달리 국회의원도 하고 한국예총회장도 하는 등 권력의 정점에 있었던 인물이기도 했다. 특히 '서예'라는 말을 확립한 사람으로 알려져 있기도 하다. 중국은 '서법', 일본은 '서도', 우리나라는 동방예의지국이라 하여 '서예'라고 했다는데 그의 서체를 '소전체'라고 할 만큼 서예에 관한한 우리

나라에서 독보적인 위치에 있던 인물이었다.

그런 소전에게서 글씨를 사사받은 장전은 대한민국 미술전람회에서 서예부분에 입선과 특선을 연달아 하면서 명성을 높이더니 국전 심사위원까지 하게 되는 인물이었다.

광주 시외버스터미널에서 내린 철주 형제는 농성동 가는 버스를 탔다. 시외버스터미널에서 농성동은 제법 거리가 되는 듯 했다. 한 이십분 갔을까 농성동에서 내린 철주형제는 우선 하룻밤 묵을 여인숙을 찾았다. 농성동은 그리 번화한 동네는 아니었다. 주택가라고 하기에도 주택들이 드문드문 있었고 주택들도 낮고 소박해보였다. 다행히 철주형제는 어렵지 않게 여인숙을 찾을 수 있었다. 너른 마당이 있고 마당을 둘러서 방들이 자리하고 있었다. 방마다 연탄아궁이가 보였다. 마당 가운데는 펌프가 하나 있고 여인숙 대문 입구

좌측으로 공동 화장실이 있었다. 겨울이라 을씨년스럽게 보이는 마당이지만 겨울을 제외한 계절에는 채송화며 맨드라미가 소소하게 계절을 연출할 마당이었다. 여인숙에 들기 전 국밥으로 요기를 한 철주형제는 연탄아궁이로 잘 달궈진 방에 들었다. 철주는 피곤한지 자리를 피자마자 곤하게 잠들었다. 피곤하기는 철경도 마찬가지였지만 생각이 많은 때문인지 쉽게 잠이 들지 못하고 있었다.

1월 하순의 광주는 동장군의 맹위가 가시지 않고 있었다. 철경이 군복무를 했던 강원도 인제만큼이야 춥겠는가마는 광주도 살이 에일 만큼 추웠다. 겨울바람이 방문 밖에서 웅웅 울었다. 그러다가 겨울바람소리가 멎었다. 조용하다. 철경은 형님이 잠에서 깰까봐 조용히 자리에서 일어났다. 잠을 잘 수 없었던 철경은 슬그머니 방문을 열고 밖으로 나갔다. 방문 밖은 아까 여인숙에 들어올 때의 모습과는 전혀 다른 모습을 하고 있었다. 그새 많은 눈이 내린 모양이었다. 신발이 푹 빠질 만큼의 눈이 쌓여 있었다. 그리고 지금은 눈이 조금은 잦아진 듯 했다. 지금 새벽 다섯시는 되었을까? 철경은 눈을 한웅큼 떠서 얼굴을 비볐다. 잠을 도통 못잤으니 얼굴은 붓거나 푸석푸석할 것이었다. 철경은 눈으로 세수를 대신했다. 시원했다. 얼얼하면서도 시원했다.

그 순간, 철경의 뇌리에 소치가 스쳤다. 철경이 소치 허련을 보았을 리 만무였다. 소치 허련을 초상으로라도 볼 리 없었고 그림으로라도 본 적이 없는 소치 허련이었다. 그냥 나이 지긋한 선비가 철경의 뇌리를 스치는데 얼굴도 자세히 보이지 않았으나 철경은 그가 소치 허련으로 느껴졌다.

마당에 쌓인 눈의 밝기로만 사물이 짐작되는 여인숙 마당에서 철경은 눈으로 얼굴을 비비다가 허리를 펴고 한동안 생각에 잠겼다. 지금 머리 위로 지나간 선비가 소치라면 그 분의 손자인 남농은 실제 인물이다. 소나무를 잘 그린다고 했지. 그림이라면 자신은 있다. 철경은 벌써 마음 속으로 남농을 만나고 있었다.

철경이 조용히 방문을 열고 들어가니 마침 철주가 깨어서 요와 이불을 개고 있었다.

"어디 나갔다 오냐? 밤새 뒤척이는 것 같더만."

"아니오. 형님 벌써 일어나셨소? 지가 이부자리를 갰어야 하는디요."

"누가 개면 어쩌냐. 어째 생각이 많야?"

"아니오. 뭔 생각이 있겠소. 이 나이꺼정 이렇게 형님께 폐만 되니까 그게 죄송스럽소."

"별 말을 다헌다. 형제지간에. 다 잘될 것인게 너무 걱정 말아라. 누워 있다가 해가 좀 뜨면 나가서 국밥 한그릇 허자. 나두 나가서 세수나 할란다."

"밖에 밤새 눈이 왔는디요."

"알어. 눈으로 얼굴 좀 비비고 오면 되지 세수가 별

거다냐."

　장전의 집은 양옥이었다. 주변의 집들보다 우뚝하게 자리하고 있었다. 장전의 집은 으리으리했다. 대문부터가 육중했다. 부잣집이라서 그런가 집에 들어서자 집 냄새부터가 달랐다. 맡아보지 못한 부잣집만의 특유한 향이 있었다. 마당의 조그만 연못에 소복하게 쌓여있는 눈조차 멋스럽게 보였다. 겨울이 지나면 저 작은 연못에서 금붕어들이 화려한 유영을 할 것이었다. 철주와는 멀지않은 인척뻘로 형님 동생 하는 사이인 장전이 반갑게 철주 형제를 맞이했다.

"형님 잘 계셨소?"
"나야 이렇게 잘 있네. 아재는 잘 계시제?"
"잘 계십니다."
"요즘도 아그들 이름두 지어주고 그러신가?"

"예 사람들이 와서 부탁허믄 그러시는 모양입니다."

"그렇제. 아재가 워낙 한학에 밝으신 분이제. 어 니가 철경이냐. 너 이제 아주 장성했구나. 너 내가 니가 다니던 중학교에서 선생했던 거 기억허냐?"

장전이 철경에게도 반갑게 인사를 건넨다. 철경은 집안 형님이라고는 하지만 워낙 나이 차이가 나는 형님이라 넙죽 엎드렸다.

"제 절 받으십시오."

"절은 무슨."

장전은 철경의 절을 맞절로 받으면서 싫지 않은 눈치였다. 집안으로야 동생뻘이었지만 다르게 보면 철경은 진도중학교 재임시절의 제자였다.

장전은 고향에서 온 집안 동생들에게 커피를 대접했다. 아침시간이라기에는 지났고 점심시간이라기에는 퍽 이른 시간이었다. 아마도 이들 형제는 식사시간을 피해서 온 것 같았다. 이 시간에 오려면 아마도 근처

여인숙에서 하룻밤을 묵었을 터.

장전은 귀한 손님들 오면 내놓는 미제 쵸이스 커피를 내오라고 시켰다.

장전은 철경에게 "너 기억나냐? 내가 니 집에 갔을 때 동양화 하라고 안했냐. 결국 이렇게 왔구나."

장전은 크지 않은 키에 체구는 다부져 보였다. 코가 납작하고 눈이 부리부리했고 눈썹은 호랑이 눈썹을 닮았다. 말투도 생김새답게 시원시원했다.

철주가 본론을 이야기 했다.

"형님 우리 철경이를 남농선생님께 들여보내고 싶은디 형님께서 방법 좀 마련해 주셔야 겠습니다."

"그려 그러지 않아도 내가 자네 연락 받고 그러기로 했네. 내가 철경이 그림 재주를 기억하고 있었구만. 중학교 때 부터 싹이 보였던 아그인께 남농 선생님헌티 바로 연락해 볼라네."

말을 마친 장전은 백색 전화기의 수화기를 들었다. 그리고 다이얼을 돌리기 전에 무릎을 꿇었다. 장전은 남농에게 전화를 걸고 있었다. 저쪽에서 누군가가 받았고 그에게 '광주 장전 하남호'라고 했다. 누군가 전화를 받아서 남농에게 바꿔주는 듯 했다. 장전은 다시 한번 자세를 고쳐 앉고 말을 이었다. 수화기 저쪽의 남농을 바로 대하는 듯 아주 겸손하고 정중했다.

"선생님 저 장전 하남홉니다."

"어 장전 어쩐 일인가."

"예 잘계셨습니까? 다른 게 아니고 집안 착실한 동생이 있는데 그림을 아주 잘 그립니다. 고등학교 삼학년까지 미술반에서 공부했는데 선생님한테 보낼라니까 잘 좀 지도해주십시오." "아 이사람아 유달산이나 올라다니면서 휘파람이나 불고 놀러댕긴 애기 보내는 거 아닌가."

남농이 웃으면서 응대하는 듯 했다.

"아닙니다 보십시오만은 보통 착실한 애기가 아닙니다."

"그런가. 그럼 보내보도록 하게."

"네 선생님 잘 좀 부탁드립니다."

장전은 남농에게 거듭 부탁을 하고 전화를 끊었다. 전화하는 내내 장전을 무릎을 꿇고 정중하게 부탁하고 응대했다. 스승과의 통화에서도 무릎을 꿇는 모습이 철경에게는 인상적이었다.

전화를 끊은 장전은 자신의 명함 뒤에다가 만년필로 빼곡하게 추천의 글을 썼다.

"선생님 장전 하남호입니다. 지난번 전화 올렸던 집안 동생을 보내오니 선처를 부탁드립니다." 이런 내용이었다. 철주 형제는 장전에게 거듭거듭 감사의 인사를 하고 그의 집을 나섰다. 장전은 철경에게 열심히 선생님 밑에서 배우면 결과가 좋을 것이라는 덕담을 하면서 배웅을 했다.

철주는 장전의 집을 나서면서 기분이 한껏 들뜨고 있었다. 남농이 누구인가. 이나라 동양화의 내노라하는 양반이다. 그 양반의 그림 한 점이면 안되는 게 없었다. 자신의 막내 동생이 그런 분의 제자가 될 것이다. 철경의 그림 재주를 믿어 의심치 않는 철주였기에 벌써 이다음에 남농만큼의 대가가 되어있을 동생을 생각하니 기분이 여간 좋은 게 아니었다. 지금 이 장전만 하더라도 얼마나 떵떵거리면서 사는가. 철주는 아직도 생각이 많아 보이는 동생의 어깨를 어루만지며 버스정류장으로 이끌었다.

"아직도 생각이 많냐? 너는 장전형님보다 더 잘될 것이다. 기왕 시작허믄. 열심히만 하그라. 점심은 우리 광주터미널 가서 먹자."

그길로 철주 형제는 진도로 돌아왔다. 이제 목포에

가는 길만 남았는데 아무런 준비 없이 무작정 남농 선생을 찾아갈 수는 없는 노릇이었다. 철주는 남농 선생님이 수석을 좋아하신다고 하니 수석을 구해보겠다고 했다. 철경은 서울 사는 셋째 형님을 찾아가보기로 했다. 돈 한푼 없이 남농 선생의 문하에 갈 수는 없는 노릇이었다. 게다가 그림 공부가 얼마나 걸릴지 기약이 없는 노릇이기도 했다. 서울 사는 셋째 형님은 철경과는 띠동갑인데 벌써 서울에서 집장만을 하고 살고 있으니 여유가 그래도 있을 것이었다. 그러나 아직 사십이 안된 나이에 뚜렷하게 부모님 도움 없이 서울에서 집을 장만하고 산다는 것이 쉬운 일은 아니었을 것이다. 크게 배운 것이 있거나 사업 수완이 대단해서 일찍이 큰 돈을 벌지 않고서는 집 장만하는데 남들 모르는 속사정도 있을 것이었다. 철경이 어렵게 돈 이야기를 꺼내자 셋째 형님은 하늘을 보면서 한숨을 쉬었다. 그래도 그는 철경에게 십일만원이나 되는 큰 돈을 선뜻 마련해주었다. 쌀 한 가마에 만 오천원이니 그 돈이면 쌀을 일곱 가마나 살 돈이었다. 철경은 미안하기도 하고 고맙기도 한 마음을 안고 진도로 돌아왔다. 그 사이 철주는 철경이 남농에게 갈 때 가지고 갈 수석을 두 개 장만해 놓고 있었다.

 철경은 그 수석 두 개를 신문지에 싸고 보자기에 싸서 들쳐 메고 갈아입을 옷가지를 챙겨서 목포로 가는 배에 몸을 실었다. 목포에는 철경의 둘째 형님이 살고 있었다. 철주는 목포까지 따라왔다. 그리고 철주는 바로 밑에 동생의 집으로 막내동생과 함께 갔다. 철경의 둘째 형님은 방 세칸짜리 집에 방 한칸은 세를 놓고 두 칸을 쓰고 있었다. 방 하나는 부부가 쓰고 다른 방을 조카들이 쓰고 있었다. 삼형제가 안방에서 소줏잔을 기울였다. 철경의 둘째 형수는 술상을 봐 놓고 옆에서 뜨개질을 했다. 철주가 제수씨한테 철경을 부탁했다.

 "제수씨 일이 이렇게 되었으니 제수씨가 막내 좀 살

펴주씨오."

"예 그렇게 해야지요."

시아주버니의 말씀에 철경의 둘째형수는 토 한번 달지 않고 공손하게 대답했다.

입춘이 지났다고는 하나 아직도 겨울의 기운이 완연하여 바깥의 저녁 공기는 찰 수 밖에 없는데 삼형제의 술상에는 슬슬 취기가 올라오고 있었다.

남농의 죽동 화실

화실방 밖에서 인기척이 들렸다.

"계신가요. 여기가 남농 선생님 화실인지요?"

젊은이의 공손한 목소리였다. 젊은이의 음성이 화실방안으로 들려왔다. 그 젊은이는 철경이었다. 멀리 진도에서 그림을 배우러 남농 허건의 죽동화실을 찾아온 것이다. 철경은 철 지난 고르덴 바지에 흰색 와이셔츠를 입었는데 흰색이라고 하기에는 오래 입어서 누렇게 변색 되어 있었다. 그리고 보자기를 둘러메고 있었다. 보자기에는 묵직한 무언가가 들어있었다.

"계신가요. 여기가 남농 선생님 화실인지요?"

다시 한번 젊은이의 공손한 목소리가 들렸다.

그 소리에 남농이 그림 그리던 붓을 놓고 화실 방문 쪽을 보았다. 그림을 그리는 남농의 한 옆에서 먹을 갈던 신학봉 비서가 화실 방문을 열고 밖으로 나갔다.

"여기가 남농 선생님 화실 맞소만 어떻게 오셨소?"

"예 장전 하남호 형님 소개로 오게 된 하철경이라고 합니다."

"아 일전에 장전선생께서 전화 주셨던 그 집안 동생이라는 사람이구려. 어서 오시오."

회색 양복에 넥타이를 한 중년의 사내가 그를 맞았다.

신학봉 비서와 젊은이의 소리가 화실방 안으로 들려왔다. 그리고 신학봉비서의 안내로 젊은이가 화실방 안으로 들어섰다. 신학봉 비서가 남농에게 "선생님 장전 선생이 보낸 집안 동생이랍니다." 남농이 그의 부리부리한 눈으로 젊은이를 한번 보면서 "어 그러냐?"

하자 철경이 남농을 향해서 넙죽 큰절을 올렸다.

"선생님 인사 올리겠습니다. 장전 하남호형님의 소개를 받고 찾아뵈었습니다. 하철경입니다."

신학봉비서가 자신을 장전의 집안동생이라고 소개했는데도 철경은 다시 장전을 입에 올리면서 남농에게 인사를 올렸다. 그리고는 명함을 꺼내서 남농의 그림 그리는 책상 위에 올려놓았다. 장전이 자신의 명함에 촘촘하게 써서 준 소개장이었다. 철경은 무릎을 꿇고 앉으면서 오른쪽 어깨에 둘러메고 온 조그만 보자기를 풀었다. 그리고는 그 보따리에서 무언가를 두 손으로 집어서 남농에게 올렸다. 보따리 안에는 어른 손바닥보다 조금 큰 돌 두 개가 들어있었다.

"선생님께서 수석을 모으신다고 해서 가지고 왔습니다."

철경으로부터 전해 받은 명함을 훑어본 남농은 철경이가 가져온 돌을 보면서 말했다.

"뭔 돌을 갖고 왔냐?" 그리고 남농은 빙그레 웃으면서 "음 괜찮다." 한마디 했다.

남농은 화실방의 낮고 긴 책상에서 그림을 그리고 있었다. 철경은 말로만 듣던 그 남농 허건 선생을 바로 앞에서 대하는 것이 세상 신기했다. 남농을 사진으로도 못 보고 그저 말로만 이야기를 들었던 철경이었다. 긴 책상을 앞에 놓고 의자에 앉아서 그림을 그리는 대가의 모습을 이렇게 가까이에서 뵙게 되다니 철경은 두근거려서 숨도 제대로 쉴 수가 없었다. 언뜻 보기에도 우람한 체구의 남농은 부리부리한 눈에 머리모양은 사자형이었다. 금방이라도 불이 튀어나올 것 같은 남농의 눈은 철경을 압도했다. 철경은 숨도 못 쉴 만큼 긴장했다. 그나마 남농이 입고 있는 자색마고자가 강한 인상을 희석시키고 있었다. 화실방 안에는 노년의 남자 몇이서 장기를 두고 있었고 청년과 소녀 두 명이 방바닥 한 옆에서 화선지 위에 그림을 그리고 있었다. 방에는 은은한 묵향과 담배 연기가 어우러져 있었다.

철경으로부터 인사를 받은 남농은 다시 그림 그리는 것에 집중했다. 붓을 잡은 그의 두툼한 손이 화선지 위에서 사뿐 사뿐 날아다녔다.

신학봉 비서가 무릎을 꿇고 있는 철경에게 물었다.

"집이 어디요?"

"예 진도에서 왔습니다."

"그럼 어디 숙소는 있소?"

"예 목포에 둘째 형님댁이 있습니다. 거기서 있기로 했습니다."

"잘 되었네. 그럼 갔다가 내일부터 오시오. 선생님 그렇게 하면 되겠지요?"

신학봉 비서의 말에 남농이 고개를 끄덕였다. 신학봉비서가 철경에게 그만 일어서라는 눈짓을 했다. 철

경은 신학봉 비서의 말에 무릎 꿇은 다리를 펴면서 일어났다. 그리고 그림을 그리는 남농에게 큰 절을 다시 한번 올렸다. 그는 화실 방문을 나서면서 화실의 안과 밖을 슬쩍 살폈다. 눈썰미가 좋은 그의 눈에 화실방이 저장되었다. 화실방 앞에 나무로 만든 미서기문이 있고 그곳에서 보는 마당에는 펌프를 둘러싸고 있는 화초와 수석들이 즐비했다.

동백나무와 철쭉나무 그리고 파초나무가 빼곡했다. 그리고 감나무와 보리수나무도 담장 안쪽으로 무성하고 분재도 마당의 여러 곳에 불규칙하게 놓여져 있었다. 그 중에서도 철쭉나무가 유난히 많은 것이 철경의 눈에 들어왔다. 진도에서 맏형수가 불쏘시게로 쓰려고 지게로 한 짐씩 해오던 철쭉나무의 뿌리가 생각났다. 철경은 죽동화실의 대문을 열고 밖으로 나와 섰다. 앞으로 철경은 이곳에서 버텨야 하고 미래를 꿈꾸어야 한다는 생각에 잠시 몸을 멈추었다.

철경에게 남농의 죽동화실은 문 밖에서 봐도 한 폭의 동양화같은 느낌이었다. 시멘트블록을 쌓아올린 담장에 시멘트를 얼기설기 발라놓은 것이 마치 돌로 담장을 쌓은 것 같았다. 커다란 나무 대문은 그 곳의 주인이 남다른 사람임을 알리고 있었다. 그리고 그 동네에서는 유일하게 크고 웅장한 한옥저택이었다.

   남농의 화실은 목포시 죽동에 있었다. 죽동은 목포역에서 대로를 건너서 십 여분 거리에 있는 목포의 중심지역이었다. 특히 목포역에서 죽동에 이르는 중간지점의 목포오거리는 다섯 갈래의 도로를 중심으로 은행, 다방, 선술집, 책방과 제과점에 악기점까지 있는 목포 최고의 중심지였다. 특히 목포 오거리 인근에는 다방이 많았는데 이곳에서 문인은 문학을 논하고 화가들은 전시도 하면서 목포만의 특별한 문화를 만들었다.

장전은 철경에게 목포역에서 내려서 목포 오거리근처 죽동만 가면 남농 선생님의 죽동화실을 모르는 이가 없을 것이라고 했다. 화실을 찾는 것은 걱정도 하지 말라고 했다. 장전의 말대로 남농의 화실은 유명했다. 남농의 죽동 화실은 목포문화의 상징처럼 대중에게 알려진 곳이었다. 철경은 목포 오거리에서 죽동 쪽으로 가다가 제일 먼저 눈에 띄는 표구사에 들어가서 남농의 화실을 물었다. 그 곳에서는 "아 남농 선생님 화실이요?" 하더니 표구사 밖으로 나와서 "저 짝 쪼그만 삼거리 보이죠잉 그짝으로 올라가다가 오른쪽에 큰 집이 있을 것이요. 가 보믄 알 것이요." 하고 알려주었다. 남농의 화실은 죽동의 동네 중간 쯤 언덕 올라가는 길 우측에 있었다. 반 마지기쯤 될까? 철경의 진도 집보다 조금 커 보이는 집이 철경의 눈에 들어왔다. 표구사 사장의 말대로 그냥 '아 여기가 남농의 화실이구나' 느끼게 했다. 담장이 긴 것으로 보아 집의 규모는 집작할 수 있었으나 광주에서 보았던 장전의 양옥과는 또 다른 분위기였다. 유명세에 비해 화려하지 않은 담백함이 화실 밖으로 풍기고 있었다.

 철경이 남농의 죽동화실을 찾은 그 날에도 그의 화실방에는 그림을 받기 위해서 화상 두 세 명이 대기하고 있었다. 그들은 잡담을 하거나 장기를 두고 있었다. 그러면서도 자신이 부탁한 그림이 언제 자신들의 수중에 쥐어질지 촉각을 곤두세우고 있었다. 멀리 서울에서 내려온 화상은 그렇게 하염없이 남농 곁에서 그림을 기다리다가 인근 여관이나 여인숙에서 자고 다시 남농의 화실을 찾았다. 남농의 그림을 가지고 문 밖으로 나가는 순간 바로 목돈으로 바꿀 수 있었다. 죽동화실에서 채 백미터도 안되는 지점에 반도화랑이 있는데 이 표구사는 온전히 남농의 그림을 중개하는 곳이었다. 남농의 그림을 턱 밑에서 매입해서 다른 곳에 팔기 위해 차려진 곳이었다. 상황이 이렇다 보니 화상들은 남농의 화실방에서 시간을 보내다가 남농이 그림을 내주면 몇 번의 감사 인사를 읊조리고 화실방을 나섰다. 작게는 사군자 소품도 나갔고 남농의 상징이다시피 한 노송도는 사절로, 혹은 반절 짜리로 그려져서 산수화와 같이 화실방 문턱을 넘었다. 그러니 남농의 화실방에는 매일 두둑하게 현금이 쌓였다. 그래서 목포 오거리에 있는 한일은행 지점의 차장이 매일 아침 화실방에 들렀다. 그는 전날 들어온 현금을 가지고 갔다. 그리고 퇴근하는 길에 현금이 입금된 통장을 놓고 갔다. 목포에 표구사가 육십 여 군데 되는데 그 표구사의 대다수가 남농의 죽동화실과 연관이 있었다. 목포에는 남농으로 인해서 사람이 모이고 현금이 돌았다.

1970년대의 호경기로 그림의 수요가 시작되었는데 특히 호남의 남종화는 인기가 대단했다. 특히 광주의 의재 허백련과 목포의 남농 허건은 최고의 전성기를 누리고 있었다. 남농 허건은 미산 허형의 4남으로 태어나 부친으로부터 남종문인화를 사사 받았고 의재 허백련도 허형으로부터 그림을 사사 받았다. 의재 허백련은 남농의 할아버지인 소치 허련의 방계였다. 의재는 은둔형의 삶을 살았고 남농은 그 반대로 세상과 적극 교류하는 삶을 살았다.

　지금 철경은 호남 남종문인화의 시조라고 할 수 있는 소치 허련의 가맥을 이은 대가 남농 허건의 문하에 입문하게 된 것이다. 그런데 입문이 너무 쉽다. 더구나 남농은 철경에게 한마디 묻지도 않았다. 그렇다고 신학봉 비서가 철경에게 이를테면 이곳에 오게 된 계기나 그림의 실력 정도를 묻지도 않았다. 그런데 내일부터 나오란다. 남농의문하생이라는것만으로도 대단한 일일텐데 이렇게 간단했다. 철경은 잠시 의아했으나 바로 수긍이 되었다. 장전 하남호의 소개 덕분이었다. 소전 손재형에게 보내서 글 공부를 하도록 했던 제자 하남호의 소개였으니 가능했을 것이다. 하남호는 국전에서 입선과 특선을 하고 국전의 초대작가와 심사위원을 역임했다. 서예가로서의 일가를 이룬 것이다. 그런 장전을 남농은 아꼈을 것이고 그런 제자가 소개한 인물이니 따로 물어볼 것도 없었던 것이다.

  그리고 또 한사람, 철경을 남농에게 안내한 신학봉 비서는 이리 농림학교를 나온 사람이라 그림과는 무관한 사람이었다. 그런 그가 남농의 비서가 된 것에는 조금은 특별한 사연이 있었다. 이 사람은 관상에 능한 사람이었다. 수상에 족상까지 보는데 특히 관상을 보는 재주는 탁월했다. 남의 운은 볼 줄 알았지만 자신의 운은 제대로 못 보았던지 그는 자식들을 키우면서 근근히 살아오던 처지였다. 게다가 자신의 운이 말년으로 갈수록 안좋아지는데 그걸 걱정하던 차에 남농에 관한 이야기를 듣고 무작정 남농을 찾아오게 된다. 그의 나이 사십대 중반을 막 넘어서면서다. 그러나 그는 그림에는 문외한이었지만 한학과 관상을 연구한 사람으로서 어지간히 그림을 보는 눈은 가지고 있었다. 그가 무작정 남농을 찾아왔다. 남농의 관상을 보니 남농의 운이 좋아서 그 밑에서 있으면 자신의 말년이 편할 것이라는 확신이 들었던 것이다. 그는 대뜸 남농에게 자신을 소개하고 그 밑에서 있기를 간청하였다. 그런 그를 남농은 선뜻 받아들였다.

"심심하던 차에 잘 되었네. 그럼 내 밑에서 있게."

그날로 신학봉은 남농의 비서로서 출근을 하게 되었다. 그는 그림을 그리는 남농 옆에서 서무를 보았는데 일 중에는 관상을 보는 것도 포함되었다.

"저놈 어쩌겠는가?"

철경이 나가자 남농이 신학봉 비서에게 물었다.

"아주 착실하니 잘 하겠습니다. 하군이 앞으로 대한민국을 대표하는 작가가 될 것 같습니다."

"그렇게 보이는가. 그럼 되얐네."

남농은 신학봉 비서의 말에 만족한 듯 고개를 끄덕였다.

신학봉은 전정 박항환에 대해서도 대한민국을 대표하는 작가가 될 것이라는 예견을 했었다. 그의 말은 맞았다. 전정은 삼십 초반의 나이에 벌써 서울로 올라가서 자리를 잡은 제자였다. 남농은 그때를 기억하고 신학봉에게 철경의 관상을 물었던 것이다.

그리고 담배한 개피를 피워물었다. 미제 담배 켄트였다. 그는 눈을 감고 한 개피를 꽁지까지 다 피웠다. 그리고는 방금 나간 장전이 소개해서 왔다는 젊은 놈을 생각했다. 끌리는 구석이 있는 녀석이었다. 오랜만에 쓸만한 놈이 들어왔다 싶었다. 남농은 담배를 한 개피 더 피워물었다. 남농이 담배를 피우면 화실방에는 담배연기가 모락모락 천정까지 오르다가 퍼져서 화실 곳곳에 스며들었다. 묘하게도 남농의 담배냄새는 구수했다. 그리고 거기에 더해지는 먹향이 화실방 특유의 멋으로 사람들에게는 기억되었다.

　다음날 철경은 이른 아침에 죽동화실 대문을 들어섰다. 남농 제자로서의 첫 날이었다. 호기롭게 대문을 들어선 것은 아주 찰나의 순간뿐이었다. 그것도 대문을 닫아놓기만하고 안에서 걸어 잠그지 않았기에 쉽게 대문을 열고 들어설 수 있었다. 대문 안쪽의 마당은 조용했다. 화실방 좌측으로 부엌이 보이는 듯 한데 그곳에도 사람의 기척은 없었다. 이제 화실방으로 들어가야 하나? 철경은 머뭇거렸다. 아니 어떻게 해야 할 지를 몰랐다. 그런 와중에 익숙한 돌덩이 두 개가 철경의 눈에 들어왔디. 철경이 진도에서부터 보자기에 소중하게 싸서 지고 온 수석이었다. 철경의 큰형인 철주가 남농이 수석을 모은다고 하니 가지고 가라고 준비해 준 수석이었다. 그런데 지금은 마당에 버려진 돌덩이가 되어 있었다. 철경의 보따리에 들어있을 때 만해도

저 돌덩이들은 수석이었으나 지금은 마당에 버려진 그냥 돌덩이에 불과했다. 남농은 어제 철경으로부터 저 돌을 받고 '음 괜찮다.' 했지만 남농의 눈에는 그냥 돌이었던 것이었다. 철경은 낙심할 수 밖에 없었다. 어렵게 가져온 돌을 면전에서 '그건 수석이 아니다.' 라고 하기에는 철경이 민망해할까봐 남농은 그리 말했을 것이었다. 철경은 결국 빈손으로 남농을 찾은 것이 되어버렸다. 그러니 더욱 화실 방문을 열고 들어갈 엄두를 내지못했다. 화상들이 화실방으로 들어가고 나서도 철경은 그저 마당의 연못 앞에서 머뭇거릴 수 밖에 없었다. 마침 신학봉 비서가 화실방 밖으로 나왔다가 철경을 발견하지 않았으면 철경은 그렇게 하루 종일 화실방 문 밖에서 서성거렸을 것이다.

"어, 하군 아니요. 언제 왔소?"

"예 안녕하십니까. 방금 왔습니다."

"아, 그래요. 들어갑시다."

철경은 반갑게 맞는 신학봉 비서의 손에 이끌려서 화실방으로 들어섰다. 이렇게 남농 문하에서의 하루가 시작되었다.

십년은 해야 이치를 조금 알게 된다

남농 문하에서 며칠이 지났다. 철경은 며칠이 되도록 화실방 앞에서 그저 기웃거리기만 했다. 그러다가 슬그머니 화실방으로 들어가서 남농이 그림을 그리는 모습을 보았다. 화선지 위에서 남농의 두툼한 손이 붓을 쥐고 사뿐사뿐 날아다녔다. 화실방은 손님들로 붐볐다. 손님들이 자리를 비우면 제자로 보이는 젊은이들 세명, 혹은 네명이 화실방 바닥에서 그림을 그렸다. 그들은 철경보다 높은 연배이거나 철경보다 어리게 보였다. 철경과 비슷한 또래는 없어 보였다. 그 중에는 고등학교를 갓 졸업한 듯한 아가씨도 눈에 띄었다. 다방 주인마담의 큰 딸이라고 했다. 그녀는 벌써 남농 문하에 들어온 지가 한 이년은 되었다고 했다. 그녀는 남농의 어깨를 주무르기도 했고 남농에게 마실 물을 떠다 바치기도 했다. 벌써 전남도전에 입선을 한 인물이기도 했다. 그녀는 사군자를 그리다가 남농의 노송도를 모사하기도 했다. 그리고 다른 제자들은 사군자를 그렸다. 그리고 애써서 남농의 노송도를 모사하는 경우도 있었다. 철경은 그들을 보면서 당장이라도 그들만큼 그리고 있는 자신을 상상했다. 그러나 철경은 아직 붓조차 제대로 잡아보지 못한 처지였다. 철경은 아직 마음만 바쁘고 갈길은 멀었다.

  게다가 철경은 빈손으로 남농의 문하에 들어왔다. 배우러 왔으면 그만큼의 사례는 해야 했다. 남농의 제자 중에 여유가 있는 집의 자제들은 쌀 한 가마니씩은 들여놓았다. 그리고 명절 때면 고기근이라도 끊어왔다. 그렇다고 해서 남농은 그들을 치하하지도 않았다. 사정이 여의치 못한 철경은 몸으로라도 때워야겠다고 마음 먹었다. 심부름을 시키면 다 할 것이고 일을 하라면 할 요량이었다. 무슨 일이든 찾아서 해야겠다고 생각했다. 아침 일찍이면 형님댁에서 나와서 태원여객 버스를 타고 남농의 화실이 있는 죽동으로 향했다. 일찍 화실에 도착한 철경은 화장실 청소부터 했다. 재래식 화장실 청소는 어려운 일이었다. 어지간한 비위라도 하기 힘든 일이었다. 보아하니 화장실을 청소하는 사람이 따로 없는 듯 했다. 철경이 우선 그 일부터 자청해서 나섰다. 그리고는 무성한 철쭉화단에 물을 퍼다 날랐다. 철쭉은 물을 많이도 먹었다. 철경은 양동이에 물을 담아서 날랐다. 그리고 남농이 모아놓은 수많은 수석들을 닦았다. 수석은 손으로 닦아야 먼지가 안 묻는다고 신학봉비서가 알려주어서 그가 가르쳐준 대로 일일이 손으로 한점 한점 닦았다. 철경은 가르쳐준 그대로 했다. 그렇게 며칠이 지났다. 철경은 그날도 아침 일찍 화실에 도착해서 화장실을 청소하고 철쭉과 꽃나무들에 물을 주었다. 그리고 수석들을 일일이 닦고 있었다. 그때 남농의 부름이 있었다.

"부르셨습니까. 선생님."

"그래 거기 좀 앉거라."

"예 선생님."

남농의 말에 남농의 그림 그리는 테이블 밑에 남농을 마주보고 무릎을 꿇었다.

남농이 지긋한 눈으로 철경을 보면서 입을 떼었다.

"너 십년간 공부를 해야 되는데, 이 동양화를 십년은 해야 이치를 조금 알게 되는데 그런데 너 하겠냐. 너 돈벌이하는 것 아니다."

남농은 이 동양화공부가 하루아침에 되는 것이 아니라는 말을 하고 있었다. 십년 이상은 연마를 해야 하는데 그 시간 동안 버틸 수 있겠느냐는 물음도 따랐다. 더군다나 그림공부를 돈벌이 수단으로 생각하면 안된다는 이야기도 했다.

철경은 가슴이 철렁했다. 십년은 해야 이치를 조금 알게 된다니 '워매 이제 몇 년 지나면 우리 부모님 연세가 칠순인데 십년을 배워야 이치를 조금 안다니, 그러면 언제 돈 벌어서 어머니 아버지에게 효도를 한단 말인가. 그때가 되면 우리 부모님의 나이가 몇 살인가? 그때까지 사실까? 그럼 내 명예도 못보고 봉양도 못한다.'고 생각하니 철경은 눈 앞이 아득해지는 듯 했다. 돈벌이로 하는 거 아니라니. 참으로 갑갑한 일이었다. 지금 남농은 매일 그의 그림을 팔아서 막대한 부를 축적하고 있다. 철경의 눈에는 그것이 가장 부러운 일이었다. 철경이 부단히 노력한다고 해도 남농만큼 되기는 어려울 것이었다. 그래도 철경은 웬만큼의 실력은 쌓아서 어서 자신도 이름도 알리고 싶었다. 그래서 그림도 팔고 돈도 많이 벌고 싶어서 이곳 남농의 죽동화실을 찾은 것 아닌가. 그런데 남농은 철경에게 그림공부를 돈벌이 수단으로 하지 말라고 한다.

십년은 해야 이치를 조금 알게 된다.

철경은 그렇다고 해서 하늘 같은 스승의 말씀에 "못하겠습니다." 할 수도 없었다. 철경은 잠시 호흡을 가다듬고 "예, 하겠습니다." 했다.

그런 철경을 지긋이 바라보던 남농이 "그래라. 그럼 해봐라." 했다. 칠십노구의 남농이 철경의 심란한 마음 속을 모를 리 없을 것이었다. 그동안 지나간 제자가 한둘이 아니었기에 남농은 철경의 마음을 꿰뚫고 있었다. 남농 또한 모진세월을 갈등하면서 살아왔다. 다행히도 자신은 그 세월을 잘 버텨내서 오늘이 있게 되었음을 잘 알고 있었다. 많은 세월을 됫박 쌀로 연명해 온 그였다. 좁은 방에서는 그림을 그릴 수가 없어서 마루에서 그림을 그리다가 왼쪽 발에 동상이 걸렸던 남농이었다. 그 왼쪽 발은 동상이 악화되는 바람에 발은 물론이고 무릎 밑까지 절단할 수 밖에 없었다. 지금 남농은 의족에 의지하고 있었다. 남농은 다시 한번 철경을 보더니 그의 그림 그리는 책상 위에 사분의 일절 짜리 화선지를 펼쳤다.

"이짝으로 오거라."

남농이 철경에게 그림 그리는 옆으로 오도록 했다.

"예, 선생님." 철경이 공손하게 허리를 한번 구부리고 남농의 옆에 섰다.

철경이 남농의 옆에 서자 남농은 붓을 들어서 난초를 그리기 시작했다. 철경이 드디어 남농으로부터 그림 수업을 받는 순간이었다.

남농은 난초의 가장 기본 잎 세 개와 양쪽으로 잎 두 개를 사뿐사뿐 그려나갔다. 그리면서 남농은 한마디씩 했다.

"이것이 기수선이다. 이것이 봉안선이다. 이것이 파봉안선이다. 이것은 코끼리 상 자에 눈 목자 상목선이다."

그리고 남농은 철경을 보았다. 알아들었느냐는 표정이었다. 순식간에 지나간 남농의 가르침이었다. "예,

십년은 해야 이치를 조금 알게 된다.

선생님."

철경은 다소곳이 대답했다.

"그러냐. 그럼 갖고 가서 열심히 해보거라."

남농은 철경에게 난초 그림을 내주었다. 그리고는 바로 자신의 그림을 그려나갔다. 그날도 그림 주문은 밀려있었다.

철경은 드디어 남농으로부터 첫 가르침을 받았다. 철경은 남농의 가르침을 받으면서 내심 난을 치는 것 정도는 자신이 있었다. 그림의 기본은 같을 것이라고 생각했다.

그래서 남농에게 선뜻 대답을 했던 것이다.

그래도 서울대 미대에서 서양화를 전공하겠다고 고등학교 3년, 그리고 재수할 때 까지 학교와 알타미라 화실에서 밤낮으로 열심히 그림을 그렸던 철경이다. 수없이 많은 선과 면을 숙달한 자신이었다. 그림의 기본은 결국 통한다고 믿었던 철경이었다. 게다가 두 명의 뛰어난 스승에게서 성실하게 그림수업을 받았던 철경이었다. 아무리 동양화하고 서양화하고 다르다고 하지만 겨우 난 치는 정도쯤이야 아주 쉽게 할 수 있을 것 같았다. 철경은 어서 자신의 진가를 확인해보고 싶었다. 철경은 숙소인 둘째형님 집에 도착하자마자 방바닥에 신문지를 펴고 먹을 갈았다. 화선지에다 그리기에는 화선지 값이 너무 비쌌다. 철경은 신문지에 그려도 남농의 그림과 비슷하게 그릴 자신이 있었다. 철경은 자신 있게 붓을 들었다. 이제 난을 치면 되는 것이다. 그런데 붓이 마음 먹은대로 따라주지를 않는다. 이상했다. 남농처럼 붓이 사뿐사뿐 날아다니지는 못해도 그깟 선 몇 개 긋는 정도야 식은 죽 먹기로 내심 생각했던 철경으로서는 당황할 수 밖에 없었다. 철경은 덜컹했다. 철경은 이럴 리가 없다고 생각했다. 붓이 익숙하지 않아서 그럴 것이다. 철경은 그렇게 자신을 위안하고 다시 붓을 들었다. 그림 그리는 붓이 다르면

십년은 해야 이치를 조금 알게 된다.

얼마나 다를까. 그런데 이번에도 붓은 마음먹은 대로 따라주지를 않았다. 남농이 '십년은 해야 이치를 조금 안다.'고 했던 말이 떠올랐다.

아무리 연습해도 붓은 철경이 원하는대로 움직여주지 않았다. 철경은 겁이 났다. 남농의 말이 그냥 하는 말이 아니었던 것이다.

고완당故阮堂 표구사

죽동화실에서 언덕 아래로 내려가다가 죽동오거리에서 오른 쪽에 고완당(故阮堂)표구사가 있다. 완당은 김정희의 호다. 완당 앞에 옛 고(故)를 붙여서 표구사의 이름을 지은 것이 철경의 눈길을 끌었다. 김정희는 그 유명한 소치 허련의 스승이었다. 소치 허련은 남농의 할아버지다. 그로부터 호남 남화가 시작되었다. 소치 허련은 진도태생이다. 철경이 신학봉비서로부터 전해들은 최소한의 상식이었다. 신학봉비서도 남농 밑에 있으려니 그만한 상식 쯤이야 귀동냥으로라도 들었을 터이다. 철경은 고완당 표구사를 지날 때마다 표구사 안쪽을 힐끔거렸다. 그리고는 언젠가는 이 곳에서 자신의 그림을 표구하리라 마음 먹었다.

　철경이 남농 밑으로 들어간 지 한 반년 쯤 되었을까? 철경은 운보김기창화백의 장닭을 모사한 적이 있었다. 달력에 운보의 그림이 있었는데 그 그림이 눈에 띄어서 모사를 했다. 자신이 모사를 하고도 퍽이나 흡족했던 철경은 그 그림을 들고 이 고완당표구사를 찾았었다.

　"계십니까?"

　"네, 어찌케 오셨으까?"

　"저, 이 그림을 표구 한번 해 볼라는데 어떻습니까?"

　고완당표구사의 주인인 듯한 사람이 철경을 맞았다. 철경의 눈에 주인의 인상이 영 편하지는 않았다. 호리호리하고 얼굴이 뾰족해서 그런가 서글서글한 철경의 인상과는 대조적이었다. 그런데 인상과는 다르게 사람을 맞는 말씨는 다정했다.

　"이거 운보 장닭그림 아니오. 모사솜씨가 참 좋소.

어디서 구한 그림이오? 혹시 그짝이 그린 것이오? 아따 그럼 잘 그리셨소. 재주가 참 좋소."표구사 주인이 철경의 그림을 보면서 칭찬을 아끼지 않았다. 임농은 그의 칭찬이 싫지는 않았지만 그저 손님에 대한 예의로 하는 소리이겠거니 했다. 게다가 이곳에서는 남농 선생님의 그림 표구도 많이 한다던데 이깟 모사 그림이 눈에나 띄겠는가 싶기도 했다. 그런데 그의 응대가 단순해 보이지는 않았다. 그는 철경의 그림을 유심히 보고 또 봤다.

"거 참 좋다. 잘 그렸소."

철경은 표구사주인의 계속되는 칭찬에 기분이 좋아졌다. 딱히 남농의 제자라고 하기에도 쑥스러운 철경이었기에 칭찬이 반가울 수밖에 없었다.

"아닙니다. 그냥 달력 보고 베껴봤습니다."

"거 솜씨가 보통 아니오. 근데 남농선생님 밑에 있는 사람 아니오?"

"어떻게 그걸 아십니까?"

"허 내가 남농선생님 화실 사정은 손바닥에 꿰고 있단 말이오. 올 봄에 제자로 들어온 하선생 아니오?"

"예, 맞습니다. 제가 하철경입니다만. 선생이라니요. 아직 멀었습니다요."

철경은 표구사에서 자신의 이름을 알아본 것이 신기했다. 그리고 놀라웠다.

"어쩐지 그림이 좋다 했지. 내 익히 들어서 하선생을 알고 있소. 성실하고 인품도 서글서글하다더니 그 말이 맞는갑소. 우리 인사나 합시다. 나 김길동이오."

표구사주인은 대뜸 통성명을 하자면서 오른 손을 내밀었다. 철경도 엉겁결에 허리를 굽히면서 그의 오른손을 잡았다.

"하철경이라고 합니다."

"이름은 아까 이야기 했고 집은 어디요?"

"예, 진도에서 왔습니다."

"진도 좋은 곳이요. 소치선생의 고향 아니오. 남농은 그 분의 손자시고 남농도 진도에서 태어나셨지요? 의신면이라던가."

"예, 저도 그렇게 들었구만이라. 저는 임회면 출신입니다. 의신면하고는 바로 붙었지라."

"그렇구만요. 진도는 인물을 많이 배출한 고장이오. 남농선생님 제자인 백포선생이나 전정도 진도 사람이구만."

"사장님은 참 많이도 아십니다요."

"아, 그게 여그서 오래 하다 봉께 그렇게 자연히 알게 되었소."

그것이 이곳 고완당표구사의 김길동사장과의 첫 대면이었다.

그렇게 인연을 맺은 김길동사장과는 호형호제하는 사이로 이어졌다.

그는 남농의 둘째 아들인 허병의 고등학교 동창이기

도 했다.

엄하고 따뜻했던 사모님, 홍막여여사

남농의 화실은 사랑방과 같았다. 늘상 손님들로 만원이었다. 난석회 회원도 있고 남농에게 그림을 받으려고 온 화상들로 언제나 북적거렸다. 목포의 기관단체장들도 남농이 그림 그리는 책상 아래에서 바둑도 두고 장기도 두면서 그런 북적거림에 합세했다. 일곱 평 남짓한 방에 사람들이 북적이니 제자들이 거기에서 화선지를 펼쳐놓고 그림을 그리는 것은 쉽지 않은 일이었다. 간혹 한가한 날이 있으면 그럴 때에나 화선지를 펴고 사군자를 쳤다. 십군자를 치고, 그러기를 반복하다가 조금 오래된 제자들은 남농의 노송도를 모사했다. 그러다가도 사람들이 몰려들면 제자들은 눈치껏 자리를 비켰다. 사람들이 거의 다 빠져 나가고 난 다음에야 제자들은 남농의 그림 그리는 모습을 어깨 너머로 보면서 그림을 익혔다. 그리고 제자들 중에는 남농에게 그림을 배우러 왔다기 보다는 그저 몇 달 만에 한 번씩 와서 인사나 하면서 남농의 제자 행세를 하는 이들도 여럿 있었다. 그들이 오면 오는 대로 '응 왔냐?' 가면 가는대로 '응 가거라.' 하지 다른 말은 일체 없는 남농이었다. 남농의 제자들 중에 도촌 신영복 같은 이는 벌써 국전 초대작가에다 국전의 심사위원을 하면서 미술계에 상당한 영향력을 발휘하고 있었고 백포 곽남배의 경우에도 국전 초대작가의 위치에 있었다. 전정 박항환의 경우는 국전에 연달아 입선과 특선을 하면서 장래가 기대되는 작가로 주목받고 있었다. 이 뿐일까? 남농 허건은 광주의 의재 허백련과 같이 남도 문인화의 양대 거목으로 평가받고 있었다. 지금의 남농은 국전의 심사위원도 아니어서 제자들을 끌어줄 실질적인 힘은 없지만 워낙 남농의 명성과 그에 어울리는 실력은 대단한 것이어서 이 제자들 중에서도 앞으로 남도 문인화의 맥을 이어갈 재목이 나올 것이었다.

제자들 중에 마산상고를 나와서 그 좋다는 은행취직도 마다하고 남농의 제자로 들어온 이상준은 철경 보다 두 살 어렸다. 그는 철경보다 팔개월 정도 늦게 들어왔는데 사군자는 물론이고 남농의 노송도를 모사하기도 했다. 경제적으로 여유가 있는지 죽동화실 인근에 하숙집을 얻어놓고 출퇴근을 하고 있는 청년이었다. 재주가 있어서 꾸준하게 노력하면 앞길이 트일 수도 있는 그였다.

그런데 철경이 보기에 이 친구는 눈치가 없는 것이 흠이었다. 나이 스물이 넘으면 웬만한 눈치는 있는 법인데 그는 아니었다. 눈치만 없는 것이 아니라 느자구가 없다고 해야 할 정도로 자기 밖에 모르는 인사였다.

화실방 청소 한번을 하는 법이 없던 그이기도 했다. 그런 그가 결국 사고를 치고 말았다.

그날도 남농의 화실방에는 손님들로 왁자했다. 그러면 제자들은 그림을 그리다가도 적당히 그림을 말아서 방의 한 구석으로 밀어버리거나 밖으로 가지고 나왔다. 누가 시켜서라기보다는 눈치로 그래왔고 또 스승님의 손님들이 왁자한데 그들이 불편함을 겪게 하는 것은 제자로서의 도리도 아니라고 생각했기 때문이었다. 그런데 그날 이상준은 다른 제자들과는 달랐다. 경우도 눈치도 없는 이상준이 결국 일을 내고 말았던 것이다.

그날 그는 남농의 책상 바로 밑에서 남농의 일지병풍용 오송도를 모사하고 있었다. 사람들이 차츰 화실방을 채우면서 제자들이 하나 둘 빠져나가는데 그는 아예 신경도 쓰지 않고 자신의 그림에만 열중했다.

그 바람에 손님 중 일부는 어정쩡하게 서서 그의 그

림 그리는 것을 보는 모양새가 되었다. 그 중 한명이 "아따 이군 잘 그리네." 했다. 이상준은 그 말에 고무되었는지 마냥 우쭐거리면서 폼을 잡고 있었다. 그러다 보니 그림을 그리는 것이 아니고 붓으로 폼만 잡는 꼴이라 모사가 제대로 될 리도 없었다. 그리고 겨우 남농의 그림을 모사하는 그에게 눈길을 줄 손님들이 아니었다. 잘 그린다는 그 말이 이제 그만 그림을 접고 자리에서 일어나라는 다른 소리였음을 그는 몰랐던 것이다. 철경은 조마조마 하는 마음으로 그를 보았다. 그러면서 혼잣소리로

"저것이, 저 느자구 없는 것이 싸게 일어나야 하는데 저렇게 미련을 떠는구나." 했다. 마침 화실방을 지나던 남농의 부인 홍막여여사가 화실방을 말없이 들여다보았다. 좀처럼 없는 일이었다. 살림이 바쁜 홍여사는 한가하게 화실방을 들여다 볼 시간이 없었다. 그리고 관심도 없는 듯 했다. 그런데 이번에는 한참이나

화실방을 들여다보고 있다. 그리고는 안에다 대고 한 마디 한다.

"아따 이군 그림 잘 그린다."

이상준은 홍여사의 말에 더욱 신이 난 모양으로 붓을 놀렸다. 철경은 홍여사의 칭찬이 의아했다. 그리고 혼잣 소리를 했다. "지금 사모님이 칭찬 한 거 맞는가? 이것이 뭣이여. 아무리 생각해도 이건 칭찬은 아닌데." 홍여사는 그리고 남농에게 이야기를 붙였다. "영감 밥 어떻게 할라. 집에서 먹을라요? 나가서 먹을라요?" 남농이 화선지에서 놀던 붓을 놓으면서 대답했다.

"어이 나가네." 그리고 남농은 손님들과 화실방을 나섰다. 남농은 저녁을 거의 밖에서 해결했다. 자신이 손님들을 대접할 때도 있지만 대개 남농을 찾은 손님들이 남농에게 식사대접을 하고 싶어했다. 오늘은 다른 날보다 조금은 이른 시간에 화실방을 나섰다. 그리고 무슨 눈치가 있는지 다른 제자들도 슬금슬금 자리를 떴다. 화실방에는 엉거주춤 서있는 철경과 아직도 바닥에서 그림을 그리고 있는 이상준 둘만 남아있게 되었다.

아니나 다를까 홍여사가 화실방으로 들어섰다. 홍여사는 히터에 앉으면서 한 호흡을 가다듬는 듯 했다. 홍여사가 앉은 히터는 드나드는 사람들에 비해서 턱없이 좁은 화실방인지라 때에 따라서는 의자 대용으로도 쓰였다.

"이군 거기 앉거라."

홍여사가 이상준을 불러서 앉게 했다. 여전히 눈치 없는 이상준은 영문을 모르는 듯 홍여사 앞에 떠억 앉았다. 철경은 마치 자신이 잘못이나 한 것처럼 좌불안석이었다. 홍여사로부터 벼락같은 호통이 터져나왔다.

"이놈 자식, 사람이 되어야 그림을 그리지. 사람이 안 되어 가지고 그림 그리면 뭣하냐. 손님들이 오면 자리를 치우든지 자리를 비켜주든지 해야지. 손님들이 외지에서 와 있는데 니가 건방지게 그림 그린다고 그걸 펴놓고 있으면…… 너같은 놈이 그림 배워 뭣하냐. 영감태기가 그림을 가르쳐야지 그림쟁이를 만들면 뭣하냐."

홍여사는 벼락같은 호통을 쏟아내고 자리에서 일어섰다. 그리고는 혼잣말로 "당장 때려쳐라." 하셨다.

홍여사는 식사를 마치고 돌아온 남농에게도 한바탕 쏟아부었다.

"영감태기는 사람을 만들어야지 그림쟁이를 만들면 뭣하요."

홍여사의 노기에 거구의 남농도 쩔쩔매었다.

"알았네. 알았네. 그만허게."

철경은 그 옆에서 진땀을 흘리면서 숨소리조차 내지

못하고 서 있었다. 차라리 내가 따귀를 한 대 얻어맞고 말지 정말 못할 노릇이었다.

이상준은 그 일이 있은 며칠 후 보따리를 싸서 고향으로 갔다.

그런데 홍여사는 철경을 특별히 아꼈다. 그의 성실한 태도 때문이었을 것이다. 점심 무렵이면 남농이 상 물린 후에 따로 상을 차려서 철경에게 주었다. 그럴 시간이 없으면 "하군 점심 안먹었지야. 이거 먹어라."하면서 배도 내주고 사과도 내주었다. 아침일찍 형님댁에서 밥을 먹고 나서면 점심도 되기 전에 배가 고픈 임놈이었다. 군대에서 제대하고 난 후의 혈기왕성한 청년이 제 때 밥도 못 먹는다는 것은 참으로 서글픈 일이었지만 바로 철경이 그런 상황이었다. 철경은 따로 나가서 우동 한 그릇이라도 사 먹을 여유가 없었다. 그러면 철경은 그냥 굶었다. 냉수 한사발을 벌컥벌컥 들이키는 것으로 점심을 때웠다. 어느 날인가 우연한 기회에 홍여사는 철경이 점심을 굶는다는 것을 알게 되었을 것이다. 그로부터 홍여사는 철경에게 남은 밥을 차려주거나 과일을 한 덩이씩 내주었다. 드나드는 사람이 한 두 사람이 아니요. 드나드는 제자가 한 두명이 아닌데 그렇게 철경을 챙긴 것을 보면 홍막여여사의 인품 또한 알 수 있는 대목이다. 홍여사는 그러다가 철경이 수석관 공사를 할 때 험한 일도 마다 않는 것도 보았을 것이다. 이런 성실한 젊은이는 앞으로 뭐가 되어도 될 것이라는 확신이 들었을 것이다. 영감도 그의 그림 재주를 아끼는 눈치였다. 그래서 홍여사는 그를 아주 손녀사위로 점찍고 있었다.

붓 대신 자갈 질통을 지다

죽동화실에 봄이 만개했다. 화실 뒷마당의 철쭉나무에 연한 분홍빛 꽃들이 활짝 피었다. 초록빛으로 물들어가는 마당의 풍경은 봄이 절정에 이르렀다는 것을 알려주고 있었다. 철경은 그날도 화실 앞마당의 나무들과 화실 뒤편의 철쭉나무에 일일이 물을 주고 있었다. 철경이 죽동 화실에서 남농으로부터 그림 지도를 받은 지 일 년을 넘어서고 있었다. 그동안 철경은 남농 화실에서 없어서는 안될 존재가 되어 있었다. 철경은 온갖 궂은일에 남농의 잔심부름까지 어지간한 일이면 자청해서 했다. 그러다 보니 청소에서부터 수석 관리, 화단 관리에 우체국 심부름이나 표구사 심부름까지 모두 철경의 일이 되어 있었다. 철경이 이렇게 하게 된 것에는 철경의 넉넉하지 않은 호주머니 형편이 크게 작용했다. 남농은 제자들에게 따로 교육비를 받지 않았다. 그래서 철경이 따로 남농에게 교육비를 내지 않아도 되었다. 하지만 철경은 자신이 경제적으로 어렵다고 해서 그냥 남농의 신세를 져서는 안된다고 생각했다. 그래서 생각해 낸 것이 교육비를 못 내는 대신 온갖 허드렛일을 하기로 했다. 여유가 있는 집 자제들은 명절 때 소고기나 쌀가마를 들여놓는 것으로 교육비를 대신했다. 가끔은 양주도 구해서 바쳤다. 그러나 남농은 제자들로부터 교육비를 받는 것은 생각하지도 않았다. 교육비 대신 들여놓는 쌀가마니나 소고기나 양주 선물에도 그저 '어 그랬냐?' 하는 정도였지 특별하게 개의치 않았다. 그림이 인기가 좋아서 남농의 그림은 문 밖으로 가지고 나가는 동시에 돈으로 환전 할 수 있었다. 그림이 곧 돈이었다. 그러나 남농이 부유해서 교육비를 받지 않은 것은 아니었다. 그의 후학양성에 대한 의무감 때문이었다. 그리고 그도 마흔을 넘기기 까지는 뒷박쌀을 면치 못하는 삶을 살았다. 남농은 추운 겨울에 방이 좁아서 마루에서 그림을 그리다가 왼쪽 발이 동상이 걸렸었다. 그것이 도져서 결국에는 왼발과 다리를 절단해야 했던 남농이었다. 그래서 남농은 없는 설움을 누구보다 잘 알았다. 이제는 먹고 살만하기에 배우려고 오는 제자들에게 교육비나 받을 그런 남농은 아니었던 것이다. 그를 거쳐 간 도촌 신영복이며 아산 조방원이며 전정 박항환이나 그 외에 다른 여러 제자들이 국전에서 내리 특선을 하고 국전의 심사위원을 역임하는 등 발군의 실력을 발휘하고 있지만 그 누구도 남농에게 그림을 배우면서 교육비를 따로 낸다거나 교육비를 걱정했던 사람은 없었다. 그들은 그림 공부에 열중했고 그들을 가리키는 남농도 열심이었다. 그 때와 비교하면 지금의 남농은 칠

십의 노구라 그때만큼의 열정은 없었다. 그리고 워낙 그림 주문이 밀려들어서 시간을 내기도 쉽지 않았다. 하지만 그는 제자들을 위해 시간을 내려고 했고 그들에게 그림을 가르쳤다. 그의 제자 사랑 이면에는 그와 의재 허백련을 키워낸 그의 부친 미산 허형의 영향도 있었을 것이다. 그 위로 올라가면 그의 조부 되는 소치 허련의 영향도 있었을 것이다. 또한 그의 호를 지어준 무정 정만조의 영향도 있었을 것이다. 무정 정만조는 진도로 귀양을 와서 의재에게 한학을 가르쳤고 훗날 그들의 호도 지어주었다. 옛날의 스승들은 그랬다. 엄하지만 아낌없이 제자들에게 자신의 학문을 나누어 주었다. 남농 역시 그랬다. 남농 밑에서 철경은 누가 시키지 않아도 일찍 출근해서 화실방 청소부터 했다. 그리고 화장실 청소를 했다. 재래식 화장실을 치우는 것은 비위가 약한 사람에게는 쉬운 일이 아니었다. 그러나 그 또한 해야 될 일이라고 생각하니 철경은 할 만 했다. 그리고 시간이 나는 대로 마당의 화초에 물을 주고, 또 남농이 모아놓은 수석들을 일일이 손으로 닦았다. 수석이 많아도 많아도 너무도 많다 보니 하나 하나 손으로 먼지를 닦다 보면 한나절은 금새 지나갔다. 철경은 화실방 뒤편에 만개한 철쭉나무에 물을 주려고 펌프 밑에 있는 함지박에서 물을 한 바가지 떴다. 그 물을 펌프에 붓고 펌프질을 했다. 그러면 물이 올라왔다. 그 물을 함지박에 가득 받아놓고 양동이에 채워서 일일이 날랐다. 다른 나무들은 물을 그렇게 주지 않아도 빗물을 품고 있다가 그 힘으로 살아가는데 철쭉은 왜 그렇게 물을 많이도 먹는지. 울 안에 있어서 그러는가. 철경은 어림잡아서 매일 육십 양동이 정도의 물을 길어서 날랐다. 철경의 보살핌으로 죽동 화실은 꽃으로 무성했다. 오월에 접어들면서 철쭉에는 어김없이 잎이 오르고 꽃이 폈다. 더워지면 물을 찾는 철쭉과 마당의 꽃나무들이 철경을 향해서 축 쳐진 채 물을 달라고 처량한 몸짓을 보냈다. 그렇게 철경은 지난 한 해를 보내고 지금 철쭉꽃으로 만개한 오월의 죽동 화실 앞마당에서 꽃나무에 물을 주고 있는 것이다. 마당 가운데 펌프를 한 옆에 두고 조그만 연못에는 금붕어 몇 마리가 한가롭게 떠다니고 있었다. 그 때 남농의 화실 대문을 열고 오십대의 자그마한 남자가 들어섰다. 사내는 화단에다 물을 주고 있는 철경을 힐끗 보더니 화실방으로 향했다. 누구냐고 물을 겨를도 없이 화실방 앞에서 "선생님 저 왔습니다. 허소장입니다." 했다.

사내의 인기척에 화실방에서 신학봉 비서가 문을 열고 나왔다. 사내는 신학봉 비서에게 공손하게 인사를 했다. 신비서가 안면이 있었는지 사내를 화실방으로 안내를 했다.

철경이 남농의 문하에 입문하고 다음 해 봄, 남농은

화실 인근에 집 두 채를 사서 헐고 그 자리에 수석관을 짓기로 했다. 남농의 수석 사랑은 각별해서 그가 모아놓은 수석만 이천 여점이 넘는다고 했다. 수석에 자연이 담겨있다고 생각했던 남농은 자신의 왼쪽 다리를 절단한 후 세상 구경을 못하는 대신 수석에서 자연의 모습을 찾고 있었다. 수석에서 남농은 그림의 소재를 찾고 있었던 것이다, 남농이 수석을 모은다고 하자 원근각지에서 수석이 몰려들었고 남농은 그 수석들을 감별해서 자신의 그림과 바꾸었다. 물물교환을 한 셈이다. 그렇게 모은 수석이 이천 여점이 되었다. 목포난석회 초대회장이기도 했던 남농은 난에도 일가견이 있었다. 그래서 진귀한 난이 남농의 그림과 맞바꾸어지는 일도 비일비재했다. 그렇게 모은 수석과 난을 남농은 일반에게도 개방하겠다는 계획을 세웠다. 그것이 남농 수석관이다. 그리고 지금 이 수석관을 짓는 공사가 막 시작되려고 하는 것이었다.

진도에서 남농의 먼 친척뻘 되는 이가 현장 책임자로 왔다. 키는 자그마하고 오십은 되어 보이는 이였다. 그가 허소장이다. 방금 신학봉 비서의 안내를 받고 화실방으로 들어간 사람이었다.

그는 오른팔에 긴 종이 뭉치를 끼고 들어섰다. 전지 수십장을 말아놓은 것 같았다. 건축도면 뭉치였다.

"어르신 저 왔어라."

"자네 왔는가."

사내는 자리에 앉기 전에 오른 팔에 끼고 있던 종이 뭉치를 남농의 책상 위에 펼쳤다.

"이것이 도면인갑소. 인자 허가는 났는가요?"

신학봉 비서가 책상 위에 펼쳐진 도면을 보면서 사내에게 물었다.

"어끄제 났답니다. 설계사무소를 들렀다가 아주 도면까지 받아서 오는 길이어라."

사내는 남농과 신비서를 번갈아 보면서 대답했다.

공손한 태도였다.

"내가 그것 보면 뭐 알겠는가. 신비서가 좀 보게. 어째 잘 나왔는가?"

"지가 전공한 것도 아닌데 뭐 알겠습니까."

하면서도 신비서는 펼쳐진 도면뭉치를 한 장 한 장 살펴봤다.

"잘은 몰라도 선생님께서 지시하신 대로 나온 거 같습니다."

"그런가. 잘 되얐네. 그래 자네는 밥은 먹고 왔는가?"

"예 먹고 왔습니다."

"그래? 그러면 언제부터 공사를 시작할란가?"

"예 바로 시작해얍지요. 그 집들은 다 이사 갔는가라?" 사내가 신비서를 보고 이야기했다.

"지난 달에 다 이사갔소. 두 채 다 비어 있을 것이오."

"예, 알겠구만이라. 바로 집부터 부수고 시작허겄습니다."

"그렇게허게. 경비는 신비서한테 이야기허고. 자네 잠은 어디서 잘랑가? 숙소는 정했는가?"

"예 오거리에 여관 많아라. 달방으로 잡아놨구만이라. 그럼, 따로 분부할 것 없지라?"

"없네 일보게."

"예 나가서 바로 일 준비 하겠습니다요."

그렇게 허소장이 나가고 나서 며칠 지나자 수석관 공사가 시작되었다. 구옥 두 채가 부서져 나가고 그 자리에 말쑥한 2층 양옥이 들어선다고 했다. 땅이 110평에 일층, 이층 합쳐서 130평의 이층 건물이 지어진다니 철경이 보기에도 대단한 공사였다. 농촌에서 110평이야 겨우 반 마지기 넘는 면적이지만 여기처럼 목포시의 번화한 곳이라면 그 땅값과 공사비가 막대할 것이다. 2층에는 남농 선생님이 그동안 모아온 수석을 전시하고 1층에는 살림집을 꾸민다고 했다. 다 지어진 뒤의 규모를 철경은 대강이라도 짐작조차 할 수 없었다. 대공사가 시작된 것이다. 공사의 진행은 허소장이 하고 인부들 노임이나 자재대금을 허소장이 청구하면 신비서가 남농 선생님에게 보고하고 매일 결재를 해주었다.

그리고 진도 출신의 또 다른 사람 허휘는 현장 외적인 일을 보아주었다. 건축허가라든지, 서류를 챙기는 일은 이 사람이 했는데 경찰서장 출신이라고 했다.

철경은 아무래도 그 일에도 자신이 투입되어야 할 것 같았다. 아니나 다를까 신학봉비서가 화실에 도착한 철경에게 현장에 가보라고 했다. 철경은 그의 말을 바로 알아들었다. 현장에 가보라는 것이 무슨 일을 하는지 보고 오라는 말이 아님을 철경은 눈치 하나로 알아들었다. 철경은 머뭇거림 없이 "예." 하고 대답했다. 그리고는 군말 없이 그날로부터 남농의 수석관 공사

현장에 투입되었다. 그림 배우러 왔다가 졸지에 집 짓는 인부가 된 철경은 한편 어이가 없기도 했다. 그러나 어쩌겠는가. 저는 이곳에 그림을 배우러 온 것이지 건축일 하러 온 것이 아닙니다. 라고 할 수도 없는 일이었다. 이곳 죽동화실을 드나드는 제자들 가운데 이 건축현장에 나와서 일을 거들 사람은 철경이 보기에는 없었다. 철경은 좋게 생각하기로 했다. 이것도 인생 공부다. 이것도 내가 모시는 스승님의 가르침이라고 생각하기로 했다. 스승님이 수석을 워낙 좋아하셔서 수석을 모으느라고 보낸 시간이며 또 수석과 맞바꾼 그림들이 얼마인가. 그런데 바로 현장에 투입하려니 공사현장에서 입고 일할 작업복도 챙겨오지 못한 철경이었다. 겨울이 지나고 봄이 되도록 고르덴바지 하나로 버텨온 철경이었다. 따로 작업복이 있을 리 만무했다. 그러나 별 수 없었다. 현장에서는 기초공사가 한창이었다. 벌써 기존에 있던 구옥들은 말끔하게 철거

되어 나갔고 바닥도 말끔하게 정리되었다. 현장 한쪽에 야방막이 지어져 있었다. 큰 방 하나 정도의 크기로 반은 나뉘어져서 연장이며 공사자재들이 있고 나머지 반쪽은 허소장이 쓰는 현장사무실이었다. 허소장은 그 사무실에서 도면을 펴놓고 사람들과 이야기를 했다. 철경이 "저 소장님, 저 왔습니다. 저도 여기서 일을 해야겠습니다."

허소장이 허리를 펴고 힐끗 철경을 돌아보았다.

"하군이구만, 밖에 가서 일꾼들 자재 좀 날라주소."

허소장은 마치 철경이 현장으로 올 것을 알고 있었다는 듯 철경을 맞았다. 그때까지 허소장과 철경은 통 성명을 한 사이도 아니었다. 그런데 허소장은 남농이나 신비서, 그리고 홍여사가 부르듯이 하군이라고 했다. 아무리 나이 차이가 많이 나고 이 곳 현장의 책임자라고 해도 바로 하대하는 것이 철경으로서는 영 못마땅했지만 그렇다고 그에게 따질 수도 없었다.

현장에 투입된 철경은 현장 잡부부터 쓰미(조적공)나 미장 데모도(뒷일)에서 목수 데모도, 공구리꾼(콘크리트공), 데모도까지 닥치는 대로 일을 하게 되었다. 철경이 남농 선생의 제자인지는 허소장 안중에는 없었다. 현장에서 일을 하면 현장의 일꾼일 따름이었다. 그나마 다행인 것은 밥 때가 되면 밥은 주니까 밥걱정은 안 해도 된다는 것이었다. 아침이면 둘째 형님 집에서 나와서 버스를 타고 역전에 내리면 작업복 가방을 둘러멘 그야말로 노가다(건설직 노동자) 꾼이었다. 현장은 일찍부터 일이 시작되었다. 아침 일곱시에 일이 시작되지만 철경은 아침 일찍부터 현장에서 일을 할 수는 없었다. 화실에도 청소며 정원 관리에 수석 관리까지 철경이 해야 할 일이 있었기 때문에 그 일을 보고 현장에 가서 인부들의 일을 도왔다. 일이 바쁘면 온종일 현장에 있을 때도 있었다. 그러면 현장이 끝나고 나서 겨우 화실방에 가서 인사나 하고 퇴근을 했다.

공사현장에서 철경은 하씨로 불렸다. 허소장도 하군 하다가 다른 일꾼들처럼 철경을 하씨로 불렀다.
"하씨, 저기 철물점 가서 여기 현장에서 왔다고 하고 삼 인치 항(반) 못 반 박스 하고 미스무리(물수평) 좀 가지고 와."
허소장은 철경을 현장의 잡부 부리듯이 일을 시켰다. 항상 서글서글하여 사람 좋다고 평이 난 철경이었지만 그는 이러한 허소장의 태도에 당황하였다. 자신도 모르게 표정이 굳어지는 경우가 생겼다. 허소장은 철경의 표정이나 반응은 개의치 않는 눈치였다. 자신은 이 현장에 도움을 주러 온 사람이며 본래의 신분은 여기 남농 선생의 제자이지 당신의 일방적이고도 무례한 지시를 받을 사람이 아니라는 말을 하고 싶었지만 그 또한 우스운 일이었다. 철경은 그냥 적응하기로 마음먹었다. 공사하는데 좀 도와주라고 보냈더니 일은 안하고 문제만 일으킨다는 말이 혹여라도 남농의 귀에 들어가면 오히려 낭패일 것이었다. 적어도 철경은 그런 정도의 눈치는 있었다.

그런데 문제는 허소장이 철물점 심부름을 시키는데 그의 말을 알아들을 수 없었다는 데 있었다. 저것이 일본말에 우리나라 말을 섞은 거 같은데 도통 알아들을 수가 없었으니 심부름이 제대로 되었을 리 만무였다. 한번 다녀왔다가 다시 가기를 몇 번이나 반복하던 날은 발바닥에 물집까지 생길 정도였다. 그래도 그러한 일들이 반복되니까 허소장의 말을 반 정도는 알아들을 수 있었다.

그리고 희한한 것이 철물점에서는 비슷하게 말을 하면 알아들었다. 예를 들자면 이런 거였다.

"못 사오라고 했는데 저 뭣이냐."

"바니루 짤라구 하시오?"

"예 그런 모양입니다."

"그러믄 한 박스 가져오라고했지요? 삼인치 항 못."

"어찌케 그걸 안다요?"

"그럴 것이요. 내가 철물점 헌지가 쫌 되얐소. 한 박스 챙겨 줄팅게 싸게 갖고 가시오. 또 뭐 다른 거는 없소?"

"미스 뭐라했는데."

"미스무리 말이구만."

"어치케 그것도 안답니까? 미스무리를."

"여그 한 이십미터 챙겨줄 것잉게 갖고 가면 맞을 것이오."

" 남농선생님 현장에서 왔다고 하면 된다고 해서요. 그냥 가면 되지라?"

"그냥 가소. 장부에 적어놓으믄 되니께 근데 봐 허니 이런 일 할 사람은 아닌 거 같고."

"예, 남농 선생님 밑에서 그림 배우는 제잡니다. 바

빠서 좀 돕고 있지요."

"그런 거 같았소. 하여간 젊은 양반이 기특허요. 저 못 말이오. 아까 삼 인치 항이라고 했지요?"

"그랬지라."

"삼 인치 항이라 함은 삼 인치 하고 반이라는 소리고 또 미스무리는 우리 말로 물수평이오. 인자 이해가 되시오?"

"아, 그렇군요."

"뭐 그림 그리는 양반이 그깟 거 알아서 뭔 소용이 있겠소만."

"아닙니다. 잘 배웠습니다. 그럼 수고 하시게요."

철경은 그렇게 현장에 적응을 했다. 철경이 느끼기에 공사현장은 온통 일본 말 투성이었다. 쓰미, 데모도, 아나방, 아시바. 오비끼, 다루끼 이런 단어는 철경에게 있어서 거의가 처음 듣는 단어들이었다. 일본으로부터 해방된 지가 벌써 삼십 여년이 지났지만 아직도 일제의 잔재가 생활의 곳곳에 자리하고 있는 셈이다. 그래도 현장에서 하루하루가 지나다 보니 눈치로, 혹은 물어서 그 단어들을 알아들을 수 있었다.

철경은 그날그날 현장에 투입될 때 마다 하는 일이 달랐다. 어떤 날은 시멘트 포대를 나르고 어떤 날은 자갈 질통을 지기도 했다. 콘크리트를 치기 위해서 일꾼들이 줄지어 모래를 나르고 자갈을 나르고 시멘트를 날랐다. 그 자재들이 큰 철판에 부어지면 인부 두 명이 양 옆에서 각삽으로 비볐다. 콘크리트를 치는 날은 해가 지기 전에 어떻게든 끝내야 하는 관계로 오야지의 소리가 높아졌다. 허소장도 예민해졌다.

각삽으로 비비던 기술자가 큰 소리로 부른다.

자갈! 모래! 세멘! 물! 어서 가지고 오라는 소리였다. 기술자들의 소리가 크게 들리면 자갈 질통이 올라가고 모래 질통이 올라가고 시멘트 포대가 올라가고 뒤따라서 물을 담은 양동이가 올라갔다.

기술자들의 삽이 박자에 맞추어서 자갈과 모래와 시멘트를 뒤집는다. 그 위로 물이 부어진다. 그렇게 몇 번 씩을 비비고 나면 바로 옆으로 철판을 이동해서 또 그만큼씩 비볐다. 철경은 자갈질통을 졌다. 이층 바닥에 콘크리트를 칠 때면 나무비게를 엮어서 만든 발판을 한 걸음 한 걸음씩 힘을 주어서 올라갔다. 걸음을 옮길 때마다 비게가 흔들거렸다. 오른 손으로는 질통의 어깨 끈을 잡고 왼손으로는 가끔씩 비게를 짚으면서 올라갔다. 질통을 가득 메운 자갈의 무게가 철경의 어깨를 눌렀다. 다리가 휘청거렸다. 철경은 넘어지지 않으려고 바둥거렸다. 넘어지거나 질통을 엎으면 사고였다. 철경은 젖먹던 힘을 다해서 비게 발판을 올랐다. 그리고 기술자가 비비는 철판에 자갈을 쏟았다. 목이 마르고 다리는 후들거렸다.

철경은 콘크리트 공사가 끝나고 씻을 기운도 없어서

그냥 길 한 옆에 벌러덩 드러누웠다. 힘들었다. 어깨도 까졌는지 쓰리고 욱신욱신 아팠다. 아까 자갈 질통을 지고 일어나다가 그 자리에서 엎어졌을 때 왼쪽 무릎을 심하게 다쳤는 모양이었다. 까지고 멍도 들었다. 걷는 것도 불편했다. 그런데 벌러덩 누워서 보는 하늘이 맑았다. 아직은 마주하는 하늘의 해가 눈이 부시다. 슬그머니 눈물이 났다. 사람들이 지나가면서 볼까봐 슬쩍 눈물을 닦았다.

"하씨 어여와. 술 한잔 하게. 여기 돼지고기 굽고 있네."

누군가 길 위에서 철경을 부르는 소리가 났다. 공사 현장에서 나는 소리였다. 남농이 인부들 뭐 좀 먹이라고 돈을 보내면 현장에서는 불을 피우고 그 위에 스레트를 얹었다. 그 위를 돼지비계로 닦아내리고 불이 오르면 그 위로 돼지고기를 올렸다. 그리고 그 고기에다가 막걸리를 먹는 사람이나, 소주를 먹는 사람이나 술

한잔에 왁자했다. 오늘도 남농이 돈을 내려준 모양이었다. 그래서 같이 고생한 철경을 부르는 것이었다.

그런데 철경은 누운 채 일어나지 않고 있다. 몸을 바로 일으키기가 힘들었다. 그리고 더 이상 현장에서 철경을 부르는 소리는 들려오지 않는다. 한번 불렀으면 되었지 계속 부를 정도로 현장에서 철경이 중요한 사람은 아니었다. 그저 그들도 인정상 함께 먹자고 불렀을 것이다.

철경은 그대로 한 동안 누워 있었다. 자신의 신세가 처량했다. 몸이 힘들고 아프니까 더욱 신세가 처량해졌다. 아직 그림 공부는 앞길조차 보이지 않고 수중에 돈도 없고 나이는 먹어가는데 지금의 자신은 영락없는 노가다꾼이다. 이 모습을 만약 진도에 계시는 부모님이나 큰형님 내외가 본다면 얼마나 안타까울까 생각하니 말랐던 눈가에 눈물이 고이면서 뜨겁게 흘러내렸다.

공사는 생각보다 길어졌다. 워낙 큰 공사라 공사비도 많이 들어가는 눈치였다. 아무리 그림 경기가 좋다고 해도 그렇게 큰 집을 지을 만큼 돈을 쟁여놓고 있지는 않았던 남농은 공사비에 충당할 그림을 열심히 그리고 있었다. 남농의 자금 사정은 신학봉비서 정도나 잘 알고 있었고 다른 사람들은, 심지어는 홍여사도 남농의 자금 상황은 모르는 눈치였다. 그래서 남농은 건설업자에게 따로 맡기지 않고 소장을 두고 공사를 했던 것이다.

철경은 수시로 현장에 불려나갔다. 철경은 그럴 때마다 어느덧 웃는 낯을 하고 공사현장으로 갔다. 그러니 허소장으로서도 편하게 철경을 부릴 수 있었을 것이다.

"하씨 오늘은 저 쓰미 데모도를 좀 해야 쓰겠네."

"야, 저 벽돌부텀 날라다 드려야 쓰겠네요."

"그렇지. 하씨가 벌써 일머리를 아네?"

"아직 모릅니다요. 가서 일 하겠습니다."

현장에 도착한 철경에게 허소장은 쓰미 데모도를 하라고 했다. 현장을 들락거리다 보니 이제는 제법 철경도 허소장의 일본말로 된 현장 용어를 알아듣고 있었다. 쓰미는 조적공, 다시 말해서 벽돌공을 이야기하는 것이다. 다시 말해서 지금 허소장이 쓰미 데모도를 하라는 말은 조적공의 뒷일을 하라는 것이었다. 조적공은 우선 적벽돌을 허리높이 까지 쌓고 그 안에 손가락 굵기만한 스티로폼을 넣었다. 그리고 안쪽으로는 시멘트벽돌을 쌓았다. 허소장은 조적공에게 시멘트벽돌을 이찌마이로 쌓으라고 했는데 이는 일매, 말하자면 벽돌 한 장만큼 쌓으라는 이야기였다. 일반적으로는 한마이로 시멘트벽돌을 쌓았다. 한마이는 벽돌 반매를 이야기 하는 것으로 십 센티 정도로 쌓으라는 것이다. 허소장은 조적공에게 이 집은 튼튼하게 지어져야 하니 꼭 이찌마이로 쌓으라고 엄명을 내렸다.

공사현장은 철저하게 분업화되어 있었다. 각 분야의 기술자들이 자기 기술에 맞는 일을 하고 빠지면 다음 공정에 맞는 기술자들이 투입되었다. 그리고 매 공정마다 데모도라고 불리우는 조공들이 따라붙었다. 바닥의 콘크리트 공사를 하면 이번에는 문틀을 세우고 벽돌을 쌓는 벽체 공사가 진행되었다. 철경은 조적공이 벽체 공사를 하는데 그 공정의 기술자를 보조하는 역할로 현장에 투입된 것이었다.

허소장이 철경에게 그림 그리지 말고 나랑 집이나 지으러 다니자는 농담을 건넬 즈음 수석관은 완공되었다. 무려 6개월이 넘게 걸리는 큰 공사였다. 공사 기간 중 철경의 성실함을 목도한 허소장은 철경에게 농담 반 진담 반의 말을 건넸다. 어쩌면 허소장의 말은 진심이었는지도 모른다.

수석관이 완공되었다. 남농은 그동안 모아온 수석

1200여점과 난을 수석관에 전시를 했다. 그 집의 2층에 수석관이 마련되었다. 신학봉 비서가 수석관의 관장으로 영전을 해서 갔다.

1층에는 남농의 둘째 아들 허병이 이사를 왔다. 남농이 당시 중앙 일간지 기자를 하던 둘째 아들이 너무 힘들어 보였던지 그만두게 하고 자기 사업이나 하면서 편히 살라고 불러 내린 것이다.

신학봉 비서는 2층 수석관으로 출근을 하고 1층에는 허병씨 내외가 살림을 했다. 그런데 2층의 수석관이 1층 살림집을 거쳐서 올라가는 구조라 1층에 사는 허병 내외는 여간 불편한 것이 아니었다. 해서 생각 끝에 허병은 방문에 안방 작은 방 이렇게 크게 써서 붙였다.

목포의 남농 수석관은 전국에서 몰려오는 관람객으로 연일 문전성시를 이루었다. 이는 목포 문화계의 일대 사건이기도 했다.

남농이라는 큰 그릇

오늘도 남농은 주문받은 그림을 마치고서야 자리에서 일어났다. 남농은 미제 켄트 담배를 한 개피 피워 물며 자신의 그림을 지긋이 내려다본다. 남농이 평소 잘 그리는 구도의 산수화다. 계곡 그림 앞에 소나무가 있고 중경에 암자 하나, 그리고 그 뒤로 높은 산이 있는 삼 절 짜리 그림이었다. 남농은 자신의 그림에 만족했다. 벌써 시계는 밤 열 두시를 넘어서고 있었다. 남농이 담배를 마저 피우고 안방으로 건너갔다. 철경은 화실 방문을 나서는 남농의 등에다 대고 넙죽 허리를 굽혔다. 화실방에는 아직 남농이 피우던 담배 냄새와 먹향이 머무르고 있다. 철경은 남농의 그림이 완전히 마르기를 기다렸다가 압정 두개로 벽에다 고정을 했다. 지필묵과 붓과 벼루 그리고 화선지를 정리하는 것은 그 다음의 절차였다. 걸레를 빨아 방바닥을 훔치고 나서야 하루 일과가 끝났다. 시계는 새벽 한 시를 넘어서고 있다. 그제서야 철경은 방바닥에 엉덩이를 붙이고 벽에 등을 기댄다. 오늘도 하루가 간 것이다.

철경은 수석관집이 완공되고 난 후 남농의 집에서 기거하고 있었다. 철경은 수석관집 공사할 때 노가다 일을 마다하지 않았었다. 그런 철경을 눈여겨 본 남농이 철경을 아주 집으로 들인 것이다.
"너 오늘부터 화실방에서 잠을 자거라."
수석관 개관식을 마치고 며칠 후의 일이었다.
그리고 그동안 남농의 집사역할을 했던 신학봉비서는 수석관 관장으로 영전했기에 신학봉비서의 자리에는 남농 집안의 손녀뻘 되는 허송엽이 왔다. 그녀는 주로 그림 주문을 받았다. 작품 주문이 오면 누가 주문을 했는지 적어서 남농에게 전했고 그림 값도 그녀가 남농을 대신해서 주문자에게 이야기했다. 남농이 작가로서 그림값을 직접 이야기할 수는 없었으므로 그림 주문을 받고 전달하는 것이 그녀의 주된 업무였다.

  심부름이나 잡일은 철경이 했다. 철경은 그렇게 남농의 제자로서 자리를 잡아가고 있었다. 사모님이 부엌에서 상을 내주면 남농에게 들고 가서 겸상을 했다. 상에는 파절이, 깡다리젓갈, 갈치창젓에 민어나 농어의 찜이 올라왔다. 이런 호사스런 음식을 구경하는 것만으로도 철경은 날마다 생일이었다. 철경에게 새로운 세상이 펼쳐진 것이다.

  물론 매일 상차림이 호사스러운 것은 아니었다. 반찬이 많다 싶으면 남농은 여지없이 홍여사에게 잔소리를 했다. 남농의 아침식사는 여덟시였다. 그리고 점심식사는 주로 나가서 했다. 그에게 점심대접을 하고 싶은 이들이 많은 까닭이었다. 남농이 화실방을 비우는 그 시간에 철경은 그림연습을 했다.

벌써 밤이 깊어서 눈꺼풀이 무거워질 만도 한데 철경은 쉬 잠이 오지 않는다. 생각이 많은 탓일까?

철경의 눈은 압정으로 벽에 고정해놓은 남농의 그림을 향하고 있었다.

철경은 남농이 쓰던 먹과 붓이면 저렇게 똑같이 모사할 수 있겠다는 생각이 든다.

철경은 남농의 그림을 모사하기로 마음 먹었다. 스승의 그림을 모사하는 것이야 그림공부하는 것이니 지금 그린다고 해도 이상할 것이 없었다. 하지만 문제는 남농의 먹과 붓과 종이로 그림을 모사하는 것이니 그것이 문제였다. 감히 스승의 벼루와 먹과 붓으로 그림을 그린다는 것은 그야말로 경을 칠 일이었다. 그러나 철경은 그 경을 칠 일을 감행하고 만다. 그림공부 욕심이 컸던 것이다. 남농이 일어나는 새벽 네시 반까지 이 화실방은 온전히 철경만의 공간이었다.

철경은 드디어 먹을 갈고 남농의 붓으로 그림을 그려나갔다. 떨리던 마음이 진정되었다. 붓이 화선지 위에서 주춤주춤 하다가 미끄러졌다.

철경이 쓰던 붓은 국산 붓이나 중국붓이었다. 그런데 남농의 붓은 손에 쥐어지는 느낌부터 달랐다. 남농의 붓은 일본에서 온 붓이었다. 쥐수염이나 족제비털로 만든 붓이었다. 철경은 그리면서 무아지경에 빠지는 느낌이었다. 죄를 짓는 두려움과 동경의 대상을 직접 몸으로 느끼는 설레임이 철경의 마음 속에서 격렬하게 부딪혔다. 철경은 그림을 완성했다. 철경은 붓을 내려놓고 한 발짝 물러서서 자신의 그림을 감상했다. 철경이 보기에 남농의 그림과 흡사했다. 철경은 자신이 그린 모사 그림을 만족하게 바라보았다. 시간은 어느새 네 시를 넘어서고 있었다. 철경은 그제서야 잠이 몰려왔다. 철경은 아주 잠깐만 눈을 붙이기로 했다. 그리고 얼마나 지났을까. 철경은 인기척에 화들짝 놀라서 눈을 떴다. 철경의 바로 앞에 남농이 서 있었다. 남농은 바닥에 펼쳐진 철경의 그림을 보고 있었다. 그림 옆에는 남농의 붓과 벼루와 먹이 자리잡고 있었다. 철경이 까무룩 잠이 든 순간 남농이 화실방에 들어와서 자신의 먹과 붓으로 그림을 그린 이 광경을 보고 만 것이었다.

  철경이 흠칫 놀라서 몸을 일으키려는데 제대로 움직여지지 않았다. 철경은 속으로 '워매 나는 죽었구나.' 했다. 철경은 죽을 때 죽더라도 붓과 벼루와 먹은 제자리에 두어야 했다. 가까스로 몸을 일으킨 철경은 남농에게 아침 인사를 할 겨를도 없이 부산하게 움직였다. 자신이 그림도 대충 접어서 한 옆으로 치웠다.

그런 철경을 보던 남농이 책상에 앉았다. 그리고 말없이 눈을 지긋이 감고 담배를 한 개피 피워물었다.

철경은 남농 앞에 엎드렸다. 적막이 흘렀다. 철경은 정말 죽고 싶은 심정이었다. 곧 남농의 불호령이 떨어질 것이었다. 그런데 남농은 담배만 말없이 피우다가 화실방을 나갔다. 철경은 남농의 침묵이 무서웠다. 철경이 생각하기에 다음 차례는 짐을 싸서 이곳 죽동화실을 나가라는 전달일 것이었다.

철경은 진도의 고향집이 생각났다. 어머니는 요즘도 집 뒤안가에 심어놓은 창출을 이고 진도읍장으로 향할 것이다. 그것을 팔아야 용돈이라도 마련할 것이다.

어머니 박씨의 보따리에는 창출 옆에 심어놓은 도라지도 한 꾸러미 있을 것이다.

그리고 큰형님은 집 뒤안에 마련한 양어장에서 일을 하고 있을 것이다. 큰형수는 불쏘시게 감을 구하러 산을 오르고 있을 것이다.

그리고 화롯불 아래서 담배를 피우는 아버지의 얼굴이 떠올랐다.

왈칵 눈물이 났다. 그동안의 고생이 물거품으로 돌아간다고 생각하니 서러웠다. 자신의 앞길을 생각하니 막막하기도 했다.

얼마나 시간이 흘렀을까. 철경이 망연하게 화실방에 앉아있는데 남농이 들어왔다. 철경은 숨이 멎을 것 같았다. 몸에 물바가지를 부은 듯 식은 땀이 흘렀다.

그런데 남농은 철경에게 아무런 말도 하지 않았다. 어떠한 질책도 없었다. 그냥 매일 하던 대로 자신의 책상에서 붓을 들었다.

남농이 제자의 일탈을 못 본척 그냥 넘어가기로 한 것이다. 철경은 도저히 화실방에 그대로 있을 수가 없었다. 화실방을 조용히 나섰다.

첫 출품

화실의 제자들이 전라남도 미술대전 출품준비를 했다. 출품 마감 날짜가 임박할수록 제자들의 붓놀림은 진지해졌다. 철경도 출품 준비를 했다. 아직은 일천한 실력이었지만 철경도 열심히 준비하기로 했다. 제자들은 그림을 그리는 대로 남농에게 보였다. 그러면 남농은 고개를 끄덕거렸다. 대회를 며칠 앞두고 몇몇 제자들은 남농에게 '그만하면 되었다.'는 말을 들었다. 그런데 남농은 철경의 그림만 보면 붓으로 쓰윽 그어 버렸다. "못 쓰겄다. 다시해라." 했다. 철경은 "예" 하면서도 속이 쓰렸다. 철경은 어떻게 하라는 말도 하지 않고 그냥 다시 하라는 남농에게 묻지도 못했다. 그만

첫 출품

큰 스승이 어려운 철경이었다.

 철경은 집에 와서 다시 한번 밤이 새도록 그렸다. 언덕을 그리고 잣나무를 그리고 멀리 산을 그려서 갔다. 이번에도 남농은 여지없이 붓으로 쓰윽 그으면서 한마디 했다. "이거 구도가 못쓰겠다."

 밤새 그린 80호짜리 그림이었다. 이번에는 정말 마음 먹고 그린 그림이었다. 그런데 남농이 붓으로 그어버렸으니 출품은 어림없는 일이 되어버렸다. 접수날짜는 3일 앞으로 다가와 있었다. 지금쯤은 광주로 가는 버스를 타야 했다. 그런데 지금 이게 뭔가.

 임농은 자신도 모르게 서러움이 복받쳤다. 철경은 슬그머니 화실방을 나와서 화실 뒤편 화단 구석을 찾았다. 그리고는 구석에 쭈그리고 앉아서 솟아오르는 눈물과 감정을 주체하지 못해서 서럽게 울었다. 그 모습을 신학봉 비서가 보았다. 잠시 후 신비서를 통해서 남농이 철경을 불렀다.

"선생님 부르셨습니까요?" 철경이 울어서 붉어진 눈을 채 감추지 못하고 남농 앞에 조아렸다.

"야, 이눔아 그런다고 울고 있냐? 너 내 안방에 가서 해라. 벽장에 붙이고 한번 그려봐라." 했다. 철경은 남농의 말을 선뜻 알아듣지 못했다.

옆에서 신학봉비서가 거들었다.

"하군 뭐하나, 선생님께서 안방에 가서 그림을 그리라고 하시네. 어서 준비해서 그리소."

철경은 그제서야 남농의 말을 알아들었다. 아무도 없는 자신의 안방에 가서 그림을 그리라는 남농의 배려였다. 그래서 미술대전에 출품하라는 말이었다. 그래도 칠경은 선뜻 몸이 움직여지지 않았다. 그림을 그리면 또 남농이 쓰윽 그어버릴 것 같아서였다. "하군 뭐하나, 어서 가게." 신학봉비서가 철경을 재촉했. "기껏 그렸더니 내가 또 그림이 안되겠다고 할까봐 저러는구나."

첫 출품

마치 철경의 마음 속을 들여다보는 듯이 남농이 이야기를 했다. "아닙니다요." 철경은 남농의 말에 손사래를 쳤다.

"알았다. 이리 오너라." 남농이 철경을 자신의 그림 그리는 책상 쪽으로 불렀다. 그리고 철경이 그렸던 그림을 책상 위에 펼쳤다. 전지 두 장을 이어붙인 그림이라 책상을 덮었다. 남농은 철경이 그린 그림을 손으로 가리키면서 말을 이어갔다.

"구도가 자 봐라. 뭐가 잘못됐는지, 주산을 강조하고 보조산은 약하게 표현해야지. 이 사찰도 더 작게 그려야 쓰지 않겠냐? 나무배열도 큰나무 중간나무 작은나무가 너무 획일적이야. 무성하게 우거지게 해야 안 되겠냐. 폭포 떨어지는 것도 그냥 떨어지는 것도 아니고 줄기차게 떨어지게 하고."

남농은 차근차근 철경을 가르치고 있었다. 철경도 스승 남농의 말을 한마디라도 놓칠세라 집중해서 들었다. 남농은 말로만 가르치는 것이 아니라 직접 붓으로 시범을 보였다. 철경이 보기에 남농의 붓이 지나가면 죽은 소나무가 살아나고 폭포가 시원하게 물줄기를 쏟아 내리다가 솟구쳤다. 신기한 일이었다.

"자 알았느냐. 그러면 어서 가서 그리도록 해라."

남농이 붓을 놓고 켄트담배를 피워물었다. 철경은 안방으로 건너갔다. 스승에게 가르침을 받았으니 어서 그림을 그려야 했다.

남농의 안방은 두 평 남짓한 조그만 방이었다. 옷장이 하나 있고 다락이 있어서 선물로 들어온 담배며, 양주 등을 그곳에 넣어두었다. 요와 이불도 그 곳에서 꺼내고 넣어두었다. 그 외에는 어떠한 가구조차 없었다. 철경은 다락이 있는 벽에 자신의 그림을 압핀으로 고정했다. 방바닥에는 요를 깔고 화선지를 폈다. 철경은 눈을 감았다. 호흡이 평온해지기를 기다렸다. 크게 숨을 들이마시고 또 크게 숨을 내쉬기를 반복했다. 철경

첫 출품

은 천천히 눈을 떴다. 철경은 연한 먹으로 구도를 잡아 나갔다. 남농이 그림을 그리기 전에 연한 먹으로 구도를 잡았다. 그 시각이 아침 여덟시 갓 넘어서였다. 철경은 소변도 참아가면서 그림 그리기에 집중했다. 벽에 고정한 자신의 그림을 참고해가면서, 남농의 가르침을 복기했다. 그림을 끝낸 시각은 오후 네시였다. 불과 일곱 시간 반 만에 팔십호 대작을 끝낸 것이다.

철경이 완성한 그림을 한동안 살펴보던 남농이 호탕하게 말을 했다.

"야, 이눔아 이렇게 할 걸 안했냐?" 철경의 그림을 본 남농은 흡족해 했다. 철경은 남농의 칭찬에 또 한번 눈물이 핑 돌았다.

철경은 부랴부랴 광주에 갈 차비를 하고 목포버스터미널로 향했다. 그러나 광주에는 밤 11시에나 도착했다. 철경은 표구사를 찾아갔다.

표구사는 막 문을 닫으려는 중이었다. "내일 출품할 작품을 지금 가져오는 사람이 어딨소? 그렇게 급한 건 난 못하오." 표구사 주인은 철경의 이야기에 대뜸 거절부터 했다. 철경은 표구사 주인에게 매달릴 수밖에 없었다.

"합시다. 어찌케 한번 해봅시다. 이거 첫 출품이요. 제발 사람 하나 살려주시오." 어렵게 여기까지 왔는데 접수조차 못한다면 정말 억울할 일이다. 그림을 그리면 쓰윽 그어버리던 남농의 붓질과, 그게 서러워서 울던 자신의 모습이 다시금 떠올랐다. 결국에는 남농의 안방에서 온종일 그린 그림이었다. 그리고 남농으로부터 칭찬도 들었던 그림이었다. 손사래를 치던 표구사 주인이 철경의 사정하는 모습에 마음이 움직였다. 그는 철경의 그림을 찬찬히 살폈다. "그림은 아주 좋구만. 아깝긴 아깝소."

"아이고 그렇게 봐 주시니 감사하요. 그러니 사람

한번 살리는 셈 치고 한번 해봅시다."

"아따 그양반, 고집하고는 알았소. 한번 해 봅시다. 그런데 배접하는데 시간이 걸리는 건 아실테고, 장담은 못하오."

"예 알지라. 그래도 뭔 방법이 있지 않겠습니까. 고맙습니다."

 철경이 표구사 사장에게 방법을 제시했다. "선풍기를 돌리면 어떻습니까? 마르는데 시간이 단축되지 않겠습니까?"

"나도 그 생각을 안해 본 건 아니오. 헌데 그러면 그림이 틀 수 있어서 그러오."

"그래도 지금 그 방법밖에는 없지 않습니까. 한번 해 주십시오."

 그렇게 해서 표구사 주인은 우선 그림의 배접부터 했다. 그리고 표구사 주인과 철경은 선풍기를 틀었다.

그림을 말리기 위해서 켠 선풍기의 바람이 그림을 향해서 날아갔다.

그런데 선풍기 바람에 잘 마르는가 싶던 그림에 상처가 나고 말았다.

그림을 급하게 말리다보니 그림의 가운데가 갈라지고 만 것이었다. 그림의 가운데가 줄처럼 길게 터졌다. "워메 이걸 어쩐다냐. 이제 끝났네." 철경이 낙심해서 혼잣소리를 했다. 표구사 주인도 낙심하기는 마찬가지였다. 철경은 도저히 포기할 수가 없었다. 그런데 궁하면 통한다고 생각이 떠올랐다. "그림을 땡겨서 맞추면 어떨까요?" 철경이 표구사 주인에게 물었다. 철경의 말에 철경을 빤히 쳐다보던 표구사주인이 "젊은 양반 끈기가 대단허요. 좋소 기왕지사 이렇게 된 거 한번 해봅시다." 했다.

철경은 아주 작고 가느다란 바늘을 들고 그림 앞에 섰다. 철경은 그림의 양쪽을 땡겨서 밀었다. 바늘은 땡

겨진 종이의 양 끝이 잘 붙도록 했다. 그림이 감쪽같이 되었다. 철경과 표구사주인은 자신들이 만들어낸 결과에 환호했다. 이제 배접도 끝났겠다. 표구사 주인은 이어서 배접하는 것에 전력했다. 드디어 철경의 그림 표구가 완성되었다. 시간은 점심시간을 훨씬 지나고 있었다. 이제 접수만 하면 된다. 그런데 다른 사람들은 용달차를 빌려서 싣고 가는데 철경에게는 그만한 여유가 없었다. 사정이 딱해 보였던지 표구사 주인이 리어카를 빌려다 주었다. 철경은 "고맙습니다. 고맙습니다."를 연발하며 자신의 그림을 리어카에 실었다. 그리고는 행여나 그림에 상처라도 날까 봐 그림을 리어카에 잘 고정했다.

이제 접수장이 있는 도청앞 충장로에 있는 학생회관으로 달려가면 된다. 표구사 주인에게 위치를 물어보고 약도로도 확인을 했다. 철경은 삽십여분을 뛰었다.

길이 고르지 못한 곳을 지날 때는 리어카를 앞으로 하고 밀었다. 행여 그림에 상처가 날까 봐 염려해서였다.

철경은 전라남도 미술대전에서 입선을 했다. 생애 첫 출품에 첫 입선을 한 것이다. 철경의 그 눈물 많던 얼굴에는 웃음이 가득했다. 가만히 있어도 웃음이 나고 화장실에 가도 웃음이 났다.
철경이 남농 허건의 무릎제자로 들어와서 처음 입상의 영예를 안은 것이다. 남농은 철경의 이런 수상소식을 기뻐했다.

남농은 제자들을 키워내는 것에 대한 열정이 있었다. 이미 그는 해방된 다음 해 남화연구원을 개설하여 문하생을 당대의 화가로 키워냈다. 이 때 그의 문하에서 성장한 사람이 아산 조방원, 도촌 신영복, 청당 김명제, 백포 곽남배등 그 외에도 여러 명이다. 그때가

첫 출품

남농의 나이 39세였다. 지금은 칠십 노구에다 제자의 앞길을 열어줄 영향력도 없었다. 국전 심사위원등의 영예는 이미 오래 전에 놓은 남농이었다. 그러나 후학 양성에 대한 마음만은 언제나 한결같던 남농이었다.

철경이 광주에서 돌아온 다음 날 오후였다.
대문 앞이 소란스러웠다. 철경은 상이군인들을 제지하느라고 진땀을 내고 있었다.
그들은 막무가내였다
다리를 저는 사람, 한쪽 팔이 없는 사람, 그들은 의수와 지팡이 등에 의지한 채 더욱 목청을 높이고 있었다.
"아따 여그가 남농선생님 댁 아니오, 선상님 우리 좀 도와주시오."
이때 화실방에서 남농이 밖으로 나섰다. 그 옆으로 신학봉 비서가 따라붙었다.

철경은 남농에게 다가가 "선생님 제가 어떻게 해볼라구 했는데 영 막무가내입니다요." 했다.

남농은 철경의 말을 들으며 상이군인들 앞에 섰다. 남농의 표정에는 노기가 있었다. 상이군인들이 남농의 노기에 주춤거렸다.

"야, 이놈들아 정신만 멀쩡하면 다 살 수 있는 세상인데 이게 무슨 행패냐? 나를 봐라."

하고 남농은 왼쪽 바지를 들어올렸다. 그 안으로 남농의 의족이 드러났다.

"자 봐라 이놈들아, 이렇게 늙은 나도 한쪽 다리로 살아가는데 이것이 뭣하는 것이냐?" 남농은 또 한번 호통을 쳤다. 남농의 호통에 상이군인들이 주춤거리기만 할 뿐 누구 하나 대들지 못하고 고개를 숙였다. 남농의 호통이 이어졌다. 아니 이번에는 노기를 뺀 타이름이었다.

"너희들은 여기서 기다리던가 아니면 나가서 돌아

첫 출품

다니다가 오던가 한두 시간 있다가 오너라."

남농은 그들을 뒤로 하고 화실방으로 들어갔다. 그리고 남농은 사군자 소품을 사람 수대로 그리기 시작했다. 그리고 그 그림을 상이군인들에게 주었다. "이 그림을 갖고 나가면 용돈은 될 거다."

상이군인들은 고개를 굽히고 또 굽히기를 여러 번 하고 대문을 나섰다.

이것이 남농의 인품이었다. 그런 남농의 모습을 보면서 철경은 스승의 가르침으로 받아들였다. 철경은 남농의 대인배같은 모습을 보면서 가슴이 뜨거워지는 것을 느꼈다. 화가로서의 삶은 앞으로 이래야 할 것이라고 생각했다.

임농 林農 호를 받다

한일은행 송차장이 다녀가면서 화실방은 조용했다. 한일은행 목포 오거리지점의 송차장은 출근하는 길에 들렸고 오후에 다시 들렸다. 아침에는 전날 남농의 화실방으로 들어온 현금을 받으려고 왔고, 오후에는 그 현금을 통장에 넣어서 남농에게 전달하려고 왔다. 남농의 화실에는 매일 거액의 그림 값이 들어왔다. 그러니 한일은행 송차장이 출근 길에 들려서 남농의 은행 일을 대신해 주는 것이었다.

남농의 그림은 대문 밖으로 나가면 바로 현금화 할 수 있었다. 대문 바로 앞에 자운당표구사가 있고 그 밑에 유암당표구사, 고완당표구사, 반도화랑이 있는데 그 중 반도화랑에서는 아예 현금을 쌓아놓고 남농의 그림을 매입하고 있었다. 사려는 사람이 많으니 그림을 손에 쥐는 만큼 표구사 사장에게는 그만큼의 이문이 남았다. 남농의 그림을 가지고 오는 사람들에게 그는 "선생님의 그림은 얼마든지 가지고 오쇼. 내가 넉넉허니 쳐 드릴 것잉게." 했다. 그렇지만 그에게 오는 그림이 많지는 않았다. 남농의 그림을 받기 위한 화상들이 종일 남농의 그림 그리는 밑에서 대기하고 있었던 탓이었다. 게다가 멀리서 온 화상들은 아예 여관이나 여인숙을 잡아놓고 남농의 그림을 기다렸다. 남농의 그림을 가지고만 가면 틀림없이 돈이 되었다. 뿐만 아니라 남농의 그림 하나면 안되는 것이 없었다. 인사청탁도 가능했다. 오죽하면 남농의 모사그림도 없어서 못판다고 했다. 그러니 남농의 화실방이 늘상 북적거릴 수밖에 없었던 것이다.

그런 속에서도 남농은 그림을 그렸다. 사람들은 남

농의 그림 그리는 모습을 숨죽여서 지켜보았다. 그들 속에서 감탄과 탄사가 간간히 흘러나왔다.

한바탕 북적이던 손님들이 우르르 빠져나갔다. 남농의 화실이 잠시나마 조용했다. 남농은 책상에 앉아서 그림을 그리는 일에 집중하고 있었다. 노구임에도 지치지 않는 강단이 그에게는 있었다. 육중한 몸을 앞으로 하고 왼 손으로 몸을 지탱하면서 오른 손으로 붓을 놀렸다. 반 절짜리 삼송도였다. 사뿐 사뿐 붓이 남농의 손 끝에서 날아다녔다. 남농이 평소에 잘 그리는 그림이고 세상에 널리 알려진 그림이었다. 신학봉관장이 남농을 보면서 이야기를 꺼냈다.

"저, 선생님 하군말입니다."

"말해보게, 하군이 왜?" 남농이 붓질을 하면서 말을 받았다.

"예, 하군이 성실하고 그림공부도 열심히 하는데 이제 호를 하나 내려줘야 안되겠습니까?"

남농이 신관장의 말에 고개를 끄덕이더니 말을 이었다.

"신관장 말도 일리가 있네. 하군이 여기 온지 얼마나 되었는가?"

"예, 이년이 넘었습니다."

"그런가. 하! 세월 참 빨리가네. 그렇구만 벌써 그렇게 되았어. 열심히 허재 그놈이, 허허 그럼 신관장이 몇 개를 만들어서 내게 가져와 보게. 그 중에서 내가 택할테니."

"예, 제가 말씀대로 몇 개 올려보겠습니다."

그리고 며칠 후 신관장은 남농에게 동농(東農)과 임농(林農) 두 개를 내놓았다.

그 두 개의 호를 보더니 남농이 말했다.

"두 개 다 좋구만, 그런데 '동농'은 '김가진'이라고 구한말에 참판하고 서예에 능했던 분이 있으니까 이

것 하기는 안되겠고, 임농이라, 농사 농자에는 그림 공부도 농사라. 수풀이 우거지니 나무 키우는 것도 농사라, 좋구먼. 나무는 오래 키워야 재목이 되는 법. 좋네. 이걸로 해야 쓰겠네. 내일 적당한 시간에 하군을 부르게."

남농은 신관장에게 이르고는 잠시 상념에 젖었다.

"임농이라, 무정 선생님은 나에게 남농이라는 호를 내려주셨는데 이 아이는 임농이라는 호를 내게서 받는구나. 이 아이가 같은 진도 출생이라는 것 말고 나와 무슨 인연이 있을꼬."

남농은 무정 정만조를 떠올렸다. 무정 정만조는 조선 말기 진도로 유배된 학자로 1858년(철종 9년)에 태어나서 1889년에 알성문과에 급제한 뒤 예조참의와 승지를 거쳤다. 1895년 명성황후 시해사건에 연루된 혐의로 1896년 진도로 유배되었다. 1907년 일제에 의해서 고종황제가 강제로 퇴위되면서 유배에서 풀려났다. 그는 진도 유배 중에 8살의 허백련에게 한학을 가르쳤으며 그에게 의재라는 호를 내려주었다. 그리고 남농이 소치의 손자이며 소치의 가맥을 이어갈 재목이라는 것을 알아본 무정은 훗날 목포에서 만난 그에게 남농이라는 호를 내려주었다.

 다음날 아침 안마당에서 열심히 화초에 물을 주고 있는 철경을 신관장이 불렀다.
 "하군, 선생님께서 들어오라시네."
 "예? 뭔 일이어라."
 "들와 보믄 알것이네."
 철경은 신관장의 말에 긴장했다. 남농이 철경을 따로 부른 것은 흔한 일은 아니었다.
 "저, 신관장님, 지가 뭐 잘못헌 것이 있는가요?"
 "잘못은 무신, 들와 보면 알 것이네."
 "예, 알겄습니다."

신관장의 선생님이 찾는다는 말에 혹시나 자신도 모르는 대단한 잘못이라도 했는가. 긴장부터 한 철경이었다. 그런데 그것은 아니라니 일단 안심은 되었지만 떨리는 마음이야 어쩔 수가 없었다.

철경은 주춤주춤 화실방으로 들어섰다.

"선생님 부르셨습니까?"

철경이 남농 앞에 다가서지도 못하고 화실 방문 쪽에서 머리를 숙이면서 물었다.

"그래 거그 앉거라."

"아닙니다. 그냥 서 있는 것이 편합니다요."

"그래? 그럼 그렇게 해라. 신관장, 이야기 하소."

"네, 선생님, 어이 하군헌티 좋은 일이네. 오늘 선생님께서 하군에게 호를 내려주시기로 했네. 때 이른 감이 있지만 하군이 워낙 성실하여서 선생님께서 특별히 내려주시는 것이네."

"아이구 지가 호를, 아이구 지가 뭣이라고 호를."

임농(林農) 호를 받다

철경은 남농이 호를 내려준다는 말에 어찌할 바를 몰랐다.

"이눔아 예 할 일이지. 뭔 말이 많어? 이거 받그라."

남농이 철경에게 말을 하면서 책상 위의 봉투를 집어서 철경에게 건넸다. 노란 편지봉투였다.

"그 안에 너의 호가 있다. 임농(林農)이다. 그림 공부 두 다 농사인거여. 농사가 천하지대본 아니냐. 열심히 하그라."

남농이 철경을 내려다보며 자상하게 이야기했다.

철경은 어찌할 바를 몰랐다. 처음으로 보는 스승의 인자한 모습이었다. 평소에 화실을 찾은 사람들에게 격의 없이 대하는 남농을 보아오기는 했지만, 그가 자신에게 이처럼 따스하게 말을 건넨 것은 처음 있는 일이었다. 이제 철경도 낙관을 찍을 수 있게 되었다. 화가 행세를 할 수 있게 된 것이다. 워낙 남농의 그림이 인기가 있어서 남농의 제자 그림도 시장에서는 수요가 제법 있었다. 이제 그림만 제대로 그리면 철경도 그림을 팔 수 있게 된 것이다. 여기에 철경은 전라남도 미술대전에서 입선을 한 경력도 있는 터였다. 철경도 이제부터는 자신의 그림에다가 낙성관지(落成款識)를 찍을 수 있게 된 것이다. 줄여서 낙관이라고 말하는 그 낙성관지가 눈앞에 삼삼했다.

"이제 나가보거라. 열심히 하그라."

"예, 선생님 감사합니다."

남농으로부터 호를 내려받은 철경은 남농에게 허리를 더욱 다소곳하게 굽혀서 인사를 하고 화실방을 나왔다. 철경의 얼굴에는 가만히 있어도 미소가 번졌다. 세상에 선생님께서 호를 내려 주시다니. 정말 꿈만 같은 일이었다.

자신도 모르게 신이 난 철경이 흥얼거리면서 남농의 많은 수석들을 손으로 닦고 있는데 남농의 부인인 홍 여사가 다가섰다.

"오늘 하군이 기분이 좋구나."

"예, 사모님 그렇구만이라, 오늘 선생님께서 호를 내려주셨구만이라."

철경은 홍여사를 보면서 마냥 기분 좋은 얼굴로 대답했다.

"아따 우리 하군 좋겠구나. 잘되얐어."

"예, 사모님, 다 사모님 덕이어라."

"내가 무신, 다 우리 하군이 성실한께 선생님이 그렇게 했겠제. 자고로 사람은 성실하믄 다 좋으니라."

"예, 사모님 항상 감사하구만요. 열심히 하겠습니다요."

"잉, 우리 하군이 좋으니께 나두 참 좋다."

홍여사는 철경을 아꼈다. 엄할 때는 한없이 엄하면서도 따스할 때는 한없이 따스했다. 홍여사는 큰 살림을 도와주는 찬모 없이 혼자서 꾸려나가고 있었다. 작고 호리호리하게 생긴 사람이 몸도 재고 손도 컸다.

"하군, 이거 한나 먹그라."

홍여사는 철경의 손에 잘 익은 홍옥사과 한 개를 쥐어 주었다.

"어이구 사모님 이렇게 맨날 받기만 합니다요."

"별 소리를 다 허는구나."

호를 받으면 턱을 내는 법이라고 신관장이 철경에게 넌지시 일렀다. 그러지 않아도 남농에게 감사 인사를 드려야 하는데 어찌해야 하나 생각이 많던 철경이었다. 선물을 올리는 것 까지는 못해도 유명한 한정식 집에는 모시고 가서 대접은 해야 도리일 것 같았다. 그런데 문제는 철경의 호주머니 사정이었다. 그렇지만 철경은 그런 것을 생각할 상황은 아니었다. 바로 대답했다. "예, 그래야지라. 어떻게 모시믄 되겠는지 말씀 좀 해주시면 좋겠습니다."

그런데 신관장이 바로 철경에게 "오늘 턱을 내게."

하는 것이 아닌가.

"예 오늘이요?"

"그렇지 오늘, 쇠뿔도 단김에 뺀다고 했지 않은가. 선생님께서 오늘 하시자네."

"예, 알겠습니다. 그런데 어디로 모실지 아직 생각을 못해놨는디요. 신관장님이 어디 아는 곳이 있습니까? 제가 아는 곳이 없어서요. 관장님이 일러주시는 대로 하겠습니다요."

철경은 신관장의 말에 답하면서 기왕 모실 거 화선지 살 돈이라도 다 털어서 스승에게 감사 인사를 하리라 마음먹고 있었다.

"잉, 그려 그렇게 함세, 그런데 선생님께서 저녁에 쩌 밑에 포장마차에서 국수나 우동을 같이 먹자고 하시네."

"예? 포장마차에서라? 그게, 아니 그럼 안되지라. 어찌케 선생님을 포장마차로 모신다요."

"잉, 그려? 그러면 우동 한그릇 하고 다방에서 쌍화탕 한나 대접해드리던가. 하군 마음이 중한 것이지 어디 좋은 데서 맛난 거 먹는다고 그게 뭐 대단한 일일까. 되았네, 이따 봄세."

"아따 잘 먹었다."
 남농이 젓가락을 놓고 자리에서 일어섰다. 포장마차에는 아직 이른 저녁이라 손이라고 해야 남농과 신관장, 그리고 철경 뿐이었다.
 "선생님께서 잘 드셨다니 감사합니다요. 아무리 생각해도 너무 누추한 것이 영 죄송스럽구만이라."
 철경은 영 대접이 부실한 것이 마음에 걸렸다.
 "아니다. 아주 맛나구나."
 "하군 잘 먹었네."
 신학봉 관장이 남농을 따라서 일어나며 남농에 이어서 치하했다.

포장마차를 나선 신학봉관장은 그 길로 퇴근을 했다. 그리고 남농이 지팡이에 의지해서 짤뚝짤뚝 앞서서 걷고 철경은 그 뒤로 천천히 걸었다. 앞서 가는 남농의 뒷모습에서 철경은 큰 산을 보고 있었다.

밀물다방에서의 첫 개인전

"형님 저도 개인전을 한번 해야 쓰겄습니다. 되겠습니까?"

임농은 고완당표구사의 김길동사장에게 자신의 개인전 계획을 의논했다. 길동과 임농은 벌써부터 가까워져서 저녁이면 술깨나 마시러 다니는 사이가 되어 있었다.

임농이 서울로 올라간 전정 박항환을 찾아가서 그에게 그림 사사를 받게 된 것도 길동의 역할이 컸다. 길동이 서울의 전정 집 안내를 해 주었기 때문이었다.

임농은 자신의 작품 표구 모두를 길동에게 맡겼다. 그리고 죽동화실을 드나드는 손님들에게 간간히 표구

소개도 해 주었다. 길동에게 임농은 고객 중의 고객이었다.

"아따 임농 잘 생각했네. 국전에 입선도 했겠다. 천하의 남농선생님 제자 아닌가? 그림 잘 그리겠다. 당연히 했어야제?"

임농이 개인전 계획을 의논하자 길동이 반색을 했다.

"아무래도 전시회를 하려면 준비할 게 많지 않겠습니까?"

"아따 걱정도 많네, 전시회야 내가 한 두번 준비해 본 게 아닝께 걱정 말고, 임농 성격에 작품은 넉넉허니 만들어 놨을 것잉께." 임농의 개인전 소식에 임농보다 더 들뜬 길동의 사투리가 톤 높은 콧소리로 변하고 있었다.

"아이고 넉넉하게는 무슨, 그저 개인전 할 정도는 준비했습니다. 전지 두 장, 반절 짜리 삼절 짜리 해서 한 서른 점, 일지병풍 한 벌, 그리고 소품이 한 십 여점 됩니다."

"아따 많이두 해놨구만, 그만 허든 많은 것이제, 충분허네 충분해. 임농이 어련하겠는가? 근데 임농 설마 다른디서 표구는 해올랑가?"

"아따 성님 뭔 그런 소릴 하신다요? 내가 어디 그럴 사람입니까?"

"어 사람 그냥 농담 한 번 해 본걸 가지구 그리 정색을 하는가. 그럼 그림을 다 가져다 놓으소. 표구부텀 하게."

철경은 개인전 장소를 물색하던 끝에 길동의 추천으로 목포역 근처에 있는 밀물다방을 선택했다. 길동의 말에 의하면 주인마담이 목포시내의 기관장들이며 중소기업사장들 유지들을 다 꿰고 있다고 했다. 마담은 철경도 본 적이 있다. 한복을 곱게 차려입었는데 한복만큼이나 아름다운 여인이었다. 마담이 없으면 차 맛이 안난다는 소리를 할 정도였다.

　다방은 예술인들의 낭만이 흐르는 장소였다. 문인들은 차를 마시면서 글을 썼다. 대표적인 문인으로 극작가 차범석이 있다. 그는 이미 서울에 올라가서 왕성한 활동을 하고 있었다. 차범석의 동생인 차재석 목포예총회장과 문순범, 최일환, 명기환등이 다방의 주요 손님들이었다. 차범석은 1956년 조선일보 신춘문예에 「귀향」이 당선되었고 1980년에 그 유명한 TV 드라마 『전원일기』를 1년간 집필하였다. 목포가 배출한 대표적인 문인이자 자랑이라고 할 수 있다. 남농도 가끔 다방에 들러서 목포의 예인들과 한담을 나누곤 했다. 목포의 다방은 문화예술인들의 교류장소였다. 그래서 화가들은 다방에서 전시회를 했다.

　개인전 첫날 이른 아침부터 임농은 밀물다방에 나가 있었다. 달걀노른자를 품은 뜨거운 커피를 한 모금 했다. 모닝커피였다. 임농은 다방마담과 레지에게도 커피를 한잔씩 인심 썼다. 길동은 "이런 날은 비싼 쌍화차를 한 잔 해야 한다."며 너스레를 떨었다. 어젯밤 늦게까지 임농의 그림을 다방 벽에 걸었던 그였다. 그는 피곤해서 잠깐 눈 좀 붙이고 온다고 다방을 나갔다. 그리고 남농이 다방으로 들어서섰다.

밤색 구두에 아이보리색 양복을 입은 남농이 들어서자 다방이 꽉 차는 느낌이었다. 적어도 철경에게는 그랬다. 남농은 양복 안으로는 곤색 줄무늬 셔츠를 입었는데 철경이 보기에도 제자의 개인전을 축하해주기 위해 잔뜩 차려입은 모습이었다. 그 뒤로 신학봉 관장이 들어왔다. 다방마담이 남농의 등장에 반색을 했다. 그리고 목포의 기관장들이 한명 두명 들어섰다. 남농은 다방의 벽에 빼곡히 걸린 제자의 그림을 찬찬히 둘러보았다. 그는 담배를 한 개피 피워물며 제자의 그림을 감상했다. 그 뒤로 두 손을 앞으로 얌전히 모은 임농이 따랐다. 남농이 사절 짜리 크기의 한 작품에 스티커를 붙였다. 임농은 남농에게 연신 고개를 숙였다.

"그림이 많이 좋아졌구나. 수고했다. 기왕 하는 거 잘해라." 하는데 임농은 남농 앞에서 어찌할 바를 몰랐다. 남농은 제자이자 손주사위인 임농의 개인전을 흡족해 하고 있었다.

과연 남농의 제자라거나, 역시 착실한 하군이 그림도 출중하다는 칭찬이 옆에서 들렸다. 스승의 칭찬보다 더한 선물은 없을 것이었다. 임농은 눈물이 핑 돌았다.

임농의 개인전은 대성공이었다. 그림이 모두 팔린 것은 물론이고 그림들에 빨간 스티커가 한 그림에 다섯 개씩이나 붙은 것도 있었다. 똑같은 그림을 다섯 개나 그려 달라는 것이었다. 사람들에게 임농은 아직 하군으로 익숙했는데 그 사람들에게 하군은 착실하고 인사성 밝은 사람으로 기억되고 있었다. 그런 하군의 그림을 팔아주자는 여론이 형성되었던 모양이었다.

남도가 예향인 것은 사람들이 예술을 사랑하는 때문이었다. 어느 집에 가나 그림이 있었다. 남농이나 의재의 그림을 걸어 놓은 집은 제법 잘 사는 집,남농의 제자 그림이 걸려있으면 그래도 좀 사는 집이었다. 그리고 모사품이라도 한 점씩 마루나 안방에 걸려있었다. 그들의 미술사랑이 남도의 작가를 키워왔던 것이다. 그런 정서였다. 임농은 이미 국전 입선작가였다. 남농풍으로 그린 그림이 가장 잘 팔렸다. 갈대밭이 있고 버드나무와 계곡이 어우러진 그림이었다. 아직은 철경의 그림에서 남농의 체취가 강하게 묻어 있다.

철경의 그림은 남농의 그림을 모방하는 것을 시작으로 해서 차츰 그의 그림을 찾아갈 것이다.

두 번째 개인전은 목포 역전에 있는 황실다방에서 했다. 첫 번째 개인전을 한 밀물다방보다는 사람들의 발길이 훨씬 왕성한 곳이었다. 그곳에서의 개인전에서도 임농은 그림이 완판되는 기쁨을 맛보았다. 바야

흐로 임농의 시대가 슬슬 시작되고 있는 것이다.

임농은 아버님이 진도읍장에 나가서 돼지새끼 세 마리 판 돈을 소매치기 당하고 낙심해서 몇 날 며칠을 앓아누우시던 그 장면이 떠올랐다. 이제 그 정도의 돈을 마련하는 것은 아무것도 아니었다.

다방마담의 얼굴에는 연신 미소가 가득했다. 밀려 들어 오는 손님들은 커피나 쌍화차를 마셨다. 그들은 차를 마시면서 그림을 감상했고 액자 위에다 엄지손톱 만한 딸기그림 스티커를 붙였다

전지 한 장자리 그림은 30만원, 일지 병풍은 50만원에 팔렸다.

임농은 개인전의 성공으로 대지 50평짜리 한옥을 마련해서 이사를 했다. 남농의 죽동화실과 바로 이웃한 집이었다. 집을 사는데 살던 집의 전세금을 빼고 모자라는 돈은 남농에게 빌렸지만 그 돈이 크지는 않았다. 남농은 두말하지 않고 임농에게 돈을 내주었다. 임

농은 몇 달 안에 남농에게서 빌린 돈을 갚았다.
　임농이 드디어 완벽하게 내집 마련을 한 것이다.
　세상 부러울 것이 없는 임농이었다.

술

"당신 얼굴을 한번 보시오. 매일 술에 약에, 원 얼굴이 그게 젊은 사람 얼굴이요?" 어제 밤 늦게까지 술을 마시고 들어온 임농에게 쏟아진 남숙의 일침이었다. 새벽녘에 들어와서 동틀 무렵까지 화장실을 드나들면서 그억 그억 하는 신랑을 본 남숙이었다. 그녀는 이젠 정말 못참겠다는 투로 참았던 말을 쏟아냈다. 원래 말이 없는 사람이었다. 그랬던 남숙이 오늘은 아예 작정한 듯 임농을 몰아붙이고 있었다.

"꺼칠하니 얼굴이 영 말이 아니란 말이오. 매일 위장약 먹고 술 마시고, 또 들어오면 괴로워서 잠도 제대로 못자고 도대체 어쩔려고 이러요?"

그랬다. 임농은 매일 술에 찌든 채로 집에 들어왔다.

임농의 선배들은 목포에만 오면 임농을 찾았다. 그러면 임농은 그럴 때마다 후한 술대접을 했다. 주머니 사정이 넉넉한 임농은 그들에게 쓰는 돈을 아끼지 않았다. 술을 겸한 식사 후에는 자리를 옮겨서 술을 마셨다. 밤이 새도록 술을 마시기도 했다. 임농은 싫은 내색 없이 그들을 대접했다. 심지어는 그들의 숙박까지 책임을 졌다.

임농은 '국전입선작가, 남농의 제자, 남농의 손주사위'라는 점들로 인해 인기가 있었다. 그리고 임농은 주문받은 그림을 그려내기 바빴다. 그래서 임농의 주머니사정은 항상 넉넉했다. 임농은 선배들에게 자신이 할 수 있는 만큼 원없이 베풀었다. 그래서인지는 몰라도 임농을 싫다는 사람은 없었다.

  임농의 술과 관련해서 빼놓을 수 없는 사람이 있는데 바로 고완당표구사의 김길동 사장이다. 길동은 술을 원체 좋아했다.
  임농은 길동과 함께 선창가의 보성장 옆에 있는 가라오케를 이틀에 한번 꼴로 찾았다. 길동은 양주를 폭탄주로 마셨다. 가라오케에는 전자오르간이 있고 섹소폰도 연주를 했다. 노래를 부르는데 한 곡에 천원씩이었다. 임농이 술을 좋아한다기 보다는 워낙 술을 좋아하는 길동의 손에 이끌려서 다녔다고 하는 것이 맞을 것이다. 물론 술값 계산은 임농이 했다. 그림이 잘 팔리는 바람에 돈에는 부족함이 없는 임농이었다.

술

남숙은 생활비를 넉넉하게 내놓는 신랑에게 다른 불만은 없었다. 다만 술자리가 잦은 신랑의 건강이 염려될 뿐이었다.

남숙은 외할아버지인 남농 허건과 외할머니인 홍막여 여사의 주선으로 임농과 결혼을 했다. 외할아버지인 남농과 외할머니인 홍여사는 임농을 '하군'이라고 불렀는데 "하군이 성실하고 그림 재주도 있으니 남편감으로는 최고."라고 했다. 퇴근길에 외할아버지의 죽동화실에 들렀을 때 스쳐 지나듯 본 청년이 지금의 신랑이었다. 인연이 되려고 그랬는지 남숙도 어른들의 주선에 특별한 거부감이 없었다.

목포시청에 근무하는 남숙은 죽동의 외할아버지 댁에 자주 들렀다. 외할아버지는 세상이 다 아는 남농선생이지만 남숙에게는 그냥 외할아버지였다. 남숙의 모친은 남농의 맏딸이다. 남농은 워낙 없이 살 때 키운 맏딸에게 각별했다. 맏딸에 대한 애틋한 마음은 남농의 아내인 홍막여 여사가 더했다. 맏딸은 형편 때문에 제대로 배우지 못했다. 그것이 늘 마음에 걸리는 홍여사였다. 남농이 마흔 넘어서 겨우 뒷박쌀을 면했으니 맏딸의 고생도 그와 같았다. 맏딸은 목포의 갑부집에 시집을 가게 되었다. 정미소를 크게 하는 집이었다. 신랑은 아버지가 부자인 까닭에 어려움 없이 그저 책이나 읽으면서 소일하는 한량이었다. 그는 아버지의 재산을 온전히 지키지 못했다. 그래도 부자 살림이 삼대까지는 유지되어 특별한 어려움은 없었다.

남농의 맏딸은 친정인 남농의 죽동화실을 드나들었다. 맏딸이 집으로 돌아갈 무렵이면 남농의 부인 홍막여여사는 맏딸에게 선물로 들어온 양주며 담배며 생선까지 잔뜩 들려서 보냈다. 남농의 안방 다락에는 남농의 그림 신세를 지거나 부탁할 일이 있는 사람들이 가져온 선물로 가득했다. 임농은 그저 남농선생님의 따님이거니 했다.

그녀의 딸도 자주 드나들었는데 임농 또래 되었을 법 했다. 목포시청에 다닌다고 했다. 워낙 자주 오다 보니 선을 주선하는 전화가 죽동화실로 오기도 했다. 그 전화를 여러 번 임농도 받아서 전해준 기억도 있다. 특이한 것은 그런 중매 전화를 홍막여여사가 퇴짜를 놓았다는 것이다.

사람의 인연이라는 것이 참 알다가도 모를 일이었다. 임농의 결혼이 그랬다. 임농은 아직 이루어놓은 것은 없었다. 전남도전에서 대상을 탔다고는 하지만 그림으로 식구들을 건사할 여건이 마련된 것은 아니었다. 다만 가능성을 인정받았을 뿐이었다.

임농의 결혼은 홍막여여사가 갑작스럽게 유명을 달리하면서 구체화되었다. 홍막여여사는 서울 아들 집으로 올라갔다가 갑자기 쓰러졌는데 그 길로 세상과 하직을 했다. 워낙 갑작스러운 일이었다. 그런데 홍막여여사는 아들집에서 유언처럼 "목포에 내려가면 하군하고 남숙을 혼인 시켜 줘야 쓰겄다."라고 했다는 것이다. 그 홍막여 여사의 유언이 임농과 남숙의 혼인으로 이어졌다.

임농에게 홍막여여사는 스승님의 사모님이자 처외할머니였다. 홍막여여사는 체구가 작았다. 그녀는 비녀를 꽂은 머리에 늘상 한복을 입고 있었다. 임농의 어머니도 그 차림이었고, 임농의 돌아가신 할머니도 그 차림이었다. 홍막여여사는 임농에게는 한없이 자상하기만 한 어른이었고 할머니였다. 임농이 듣기로 이 죽동의 화실도 홍막여여사의정성으로 마련한 것이라고 했다. 남농이 이곳 목포로 오기 전 까지는 그 삶이 여간 고단한 것이 아니었다고 했다. 홍막여여사는 집을 팔고 은행돈도 빌려서 이 죽동화실을 마련했다고 했다.

 그녀는 점심 무렵이면 남농이 상을 물린 후에 따로 상을 차려서 임농에게 주었다. 그럴 시간이 없으면 "하군 점심 안먹었지야.이거 먹그라."하면서 배도 내주고, 사과도 주었다. 임농은 점심때가 되면 따로 나가서 밥을 사 먹어야 했지만 그럴만한 경제적인 여유가 없었고,점심을 거를 수 밖에 없었다.

 우연한 기회에 홍막여여사는 임농이 점심을 굶는다는 것을 알게 되었다. 그로부터 홍막여여사는 임농에게 남은 밥을 차려주거나, 과일을 한 개라도 내주었다. 그녀는 성실하고 얌전한 임농을 일찌감치 손녀사위로 점찍고 있었다.

　임농이 또 술에 곤죽이 되어서 집에 들어왔다. 길동이 임농을 업다시피 해서 집으로 데려왔다. 여간해서는 없는 일이었다. 길동에게 인사를 하고 난 후 남숙은 임농을 겨우 끌어다가 방에 눕혔다. 남숙의 표정이 좋을 리 없었다. 길동은 급하게 자리를 떴다. 남숙은 임농의 양복 윗도리를 벗기고 양말을 벗겼다. 바지를 벗기고 자리에 눕혔다. 임농은 속이 안 좋은지 불쑥불쑥 헛구역질을 했다.

　임농은 입이 쓰고 머리가 아파서 도저히 누워있을 수가 없었다. 몸을 일으켜 세웠다. 새벽이었다. 불과 두어 시간 잠을 잔 것 같았다. 임농과는 다른 요를 깔고 방 한쪽에서 남숙이 자고 있었다. 겨우 잠들었을 남숙이 몸을 뒤척였다. 임농은 행여라도 남숙이 잠에서 깨어날까봐 조심했다. 임농은 슬그머니 방문을 나섰다. 마당에 내려서니 늦가을 새벽의 한기가 온 몸을 휘감았다.

임농은 크게 심호흡을 했다. 아직도 쓴 물이 올라올 것 같았다. 임농은 불편한 속을 누르면서 다시 한번 심호흡을 했다. 임농은 하늘을 보듯 두 팔을 높이 들어서 젖혔다. 감았던 눈을 떴다. 새벽 밤하늘이 보였다. 저 멀리 별들이 여명을 기다리며 잔잔하게 빛을 내고 있었다. 풀벌레 우는 소리가 청아하게 들려왔다. 임농은 문득 한기에 몸을 부르르 떨었다. 그러고 보니 임농은 내의만 걸치고 있었던 것이다. 그래도 임농은 한동안을 그렇게 있었다.

남숙은 아침상을 차려주는 내내 불편한 기색을 감추지 않았다. 임농은 그런 남숙의 불평을 묵묵히 받아들였다. 임농은 남숙의 표정만으로도 그녀가 무슨 말을 하려고 하는지 알 수 있었다. 주머니사정이 넉넉해졌다고 임농은 자신도 모르게 현실에 안주하고 있었다.

임농은 지금의 일상과는 다른 돌파구를 마련하기로 했다. 대학에 진학하기로 마음을 먹은 것이다.

임농은 1982년 서른 한 살, 늦은 나이에 목포대학교 미술학과에 입학했다. 신입생들 보다는 열 한 살이나 많은 나이였다. '늦깎이 신입생' 임농이 학교 복도를 지나가는데 마주 오던 학생들이 교수인 줄 알고 "교수님 안녕하세요."라고 인사를했다. 임농은 아니라고 할 수 없어서 목례를 했다. 그 학생들이 강의실에서 같은 학생인 줄 알고 수근거렸다. 그러다가 국전에 세 번이나 입선한 유명한 작가가 입학했다는 소문이 학생들 사이에 돌았다. 그 소문의 주인공이 임농이라는 사실을 알게 된 학생들은 임농을 그대로 '선생님'이라고 불렀다. 여학생들은 임농을 '아저씨'라고 불렀고, 나이가 많은 학생들 몇 명만 임농에게 '형님'이라는 호칭을 했다. 교수라고 하지 말라는데도 그들은 그렇게 했다.

대학에서는 실기와 이론수업을 병행했다. 서양미술사, 동양미술사, 한국미술사를 공부했다. 실기는 학생들 개개인마다 과제를 내주었다. 학생들은 실경 위주로 스케치를 했다. 임농은 전통적인 관념산수를 그렸다. 임농은 아직 남농의 화풍을 답습하고 있었다. 그러나 임농도 대학생의 신분이었다. 임농도 다른 학생들처럼 데생을 했다. 실경도 그렸다. 목포 서산동이나, 호남제분 바닷가, 그리고 용금동 달동네등이 임농의 화폭에 옮겨졌다.

임농은 1986년에 세종대학교 대학원 미술학과에 응시했다. 세종대학교에는 이철주교수가 있었다. 이철주 교수는 충남 청양출생으로 대한민국 미술대전, 중앙미술대전의 심사위원을 역임했으며, 오랜 기간 인물화를 그려왔던 작가로 유명했다.

세종대학교 미술학과 대학원생은 세명을 뽑는데 열여덟명이 응시를 했다. 세종대학교 출신 두 명이 합격을 했고, 다른 대학 출신으로는 유일하게 임농이 합격을 했다.

대학원 강의는 월, 수, 금, 삼일이었다.

임농은 일요일 저녁, 목포에서 서울 오는 기차를 탔다. 용산역에 새벽 네시 십분에 떨어지면 임농은 용산역에서 꼬박 날새기를 하다가 학교로 갔다.

그리고 오후에 강의가 끝나면 목포로 내려갔다. 아

무리 주 삼일 수업이라지만 목포에서 서울 화양리에 있는 세종대학교까지의 통학은 처음부터 가능한 일이 아니었다. 임농은 그림 주문에 맞춰서 그림도 그려야 했다. 그 일만으로도 바쁜 임농이었다. 그런데 이런 강행군을 하자니 임농의 건강에 무리가 왔다. 한학기 만에 임농은 세종대학교 근처에서 하숙을 하기로 했다.

임농은 세종대학교 대로 건너편에 있는 복덕방을 통해서 하숙집을 구했다.

하숙집은 주인은 임농에게 제일 큰 방을 내주었다. 임농이 쓰기에 넉넉한 방이었다. 하숙집은 조용했다. 하숙집 주인에게는 딸이 한 명 있는데 그녀는 직장에 다닌다고 했고 그녀 또한 조용했다. 임농에게는 더할 나위 없는 조건이었다. 임농은 학교에서 돌아오면 그 방에서 주문받은 그림을 그렸다. 김길동사장을 통해서 주문받은 그림들이었다. 그 그림들을 고속버스터미널로 가서 목포로 보냈다. 그러면 남숙이 터미널에서 그림을 받아다가 길동에게 전달했다. 집에 내려갈 때도 임농의 옆구리에는 그림 뭉치가 있었다. 하숙집주인은 임농이 정확하고 단정한 사람이라고 생각했다. 임농은 항상 하숙집에 오기 전 몇 시에 들어오겠다, 오늘은 저녁을 먹고 들어가겠다는 등의 전화를 꼭 했다. 임농은 학교에서 돌아오면 늘 책상에 앉아서 그림을 그리거나 방바닥에 화선지를 펴놓고 그림을 그렸다. 늘 그 모습 그대로였다.

그러나 임농에게 그런 평화로운 일상은 더 이상 허락되지 않았다.

"자네는 이렇게 그릴 거면 자네 뭐 할라고 서울 왔는가? 그냥 목포에서 그림 그리면서 편하게 살지."

임농의 지도교수인 이철주교수가 임농에게 이 한마디를 던졌다. 실습실 벽에 그려놓은 임농의 그림을 보고 하는 말이었다.

 이철주 교수의 이야기는 남농의 화풍을 답습하며, 그림이 제법 팔리는 목포에서 그림이나 그리면서 편하게 살 것이지 뭐하러 대학원까지 왔느냐는 지적이었다.

 임농은 돌아서는 이철주교수의 뒷모습을 멍하니 보다가 그 자리에 털썩 주저앉았다. 무색했다. 기가 막혔다고 하는 것이 맞을 것이다. 임농은 잠도 제대로 오지 않았다.

 임농은 그런 와중에 남농의 병세가 깊어졌다는 소식을 들었다. 남농은 위암말기였다. 링거를 맞으면서도 기관장들의 그림 청탁을 들어주던 남농이었다. 아파도 아픈 내색을 하지 않던 남농이었다. 그 옛날 자신의 왼발이 동상에 걸리는 줄도 모르고 그림에 몰두했던 남농이었으니 그의 인내심과 집중력은 정말 대단했다. 남농은 소화가 안되면 소화제로 버텨왔는데 그

것이 병을 키우는 단초가 되었다. 남농은 음식을 도저히 넘기지 못할 지경이 되어서야 서울대학교 병원으로 실려왔고, 병원에서는 너무 늦게 왔다고 했다. 위암 말기라 도저히 손을 쓸 수가 없다고 했다. 수술을 하려고 해도 팔십노구의 남농이 수술을 감당할 수는 없다고 했다. 남농의 제자들이 돌아가면서 남농의 병간호를 했다. 남농은 식사를 전혀 할 수가 없었다. 남농은 병간호를 하는 임농에게 담배를 달라고 했다. 만류하는 임농에게 남농은 "식사도 못하는데 담배도 못피우게 하느냐."고 하며 담배를 가져오라고 했다. 임농은 결국 남농에게 담배를 가져다 주었다.

남농은 병원에서 이십일 남짓 있다가 결국 유명을 달리했다. 남농의 장례는 목포시민장으로 장대하게 치러졌다.

임농은 끊었던 술을 다시 입에 댔다. 폭주를 했다.

남농의 죽음이 실감나지를 않았다. 임농은 정신을 잃을 정도로 술을 마셨다. 임농에게 남농의 죽음은 슬픔 그 이상이었다. 임농은 한동안 아무 일도 할 수 없었다. 그림도 그리지 않았고 대학원 마지막 학기의 수업도 듣기는 하되 의식은 어디론가 붕붕 떠다니고 있었다.

향리의 어귀, 송광사의 아침

서울대학교 병원 일인실에 남농이 누워있다. 남농은 눈을 잔뜩 찡그렸다. 입은 앙다물었는데 그 사이로 간간히 신음소리가 새어나왔다. 병실 천정의 형광등이 깜빡깜빡 꺼졌다가 켜지기를 반복했다. 남농의 얼굴이 형광등 불빛 아래에서 초췌했다.

    남농은 아무 것도 먹을 수 없었다.

    남농이 누운 침대 옆의 의자에서 임농과 전정이 통닭을 먹고 있다. 그들은 남농의 병간호를 하다가 통닭을 먹는 중이다.

    남농이 침대에서 벌떡 일어났다. 남농은 무심한 표정으로 그들을 응시했다.

임농과 전정은 여전히 통닭구이를 먹고 있다. 통닭을 맛있게 넘기던 임농이 갑자기 서럽게 울었다. 임농은 그냥 눈물이 났다. 어응어응 소리 내서 울었다.

"여보, 여보 무슨 잠꼬대를 그리 해쌓소. 어서 인나시오."

남숙이 임농을 흔들어서 깨웠다. 임농은 남숙의 소리에 눈을 떴다. 꿈이었다. 임농은 머리맡에 놓인 자리끼를 벌컥벌컥 들이켰다.

꿈이 몇 달 전의 상황을 그대로 옮겨 놓은 듯 선명했다. 꿈의 내용은 사실이었다. 남농을 간호하던 전정과 임농은 병실에서 통닭을 먹은 적이 있었다. 지금 생각해도 철없는 제자들이었다. 스승이 아무것도 먹지를 못하는데 그 옆에서 통닭구이나 맛있게 먹고 있었으니 생각할수록 후회되는 행동이었다. 결국 이렇게 꿈속에 재현되어서 임농이 자기자신을 나무라고 있었다. 임농이 꿈속에서 까닭 없이 울었던 것은 그러한 이

유에서였을 것이다. 임농은 남농이 병원에 입원해서 임종하는 날까지 그의 곁을 지켰다. 급한 볼일이 있는 경우에도 마음은 온통 남농의 병실에 있었다. 그랬던 임농에게 딱 한가지 통닭을 먹던 기억이 오래도록 아팠다.

"이놈아 이러고 있으면 어쩌냐. 어서 너의 그림을 그리거라."

호통치는 남농의 소리가 들려왔다. 임농은 아직도 꿈을 꾸는 것인지, 아니면 꿈에서 깨었는지 혼란스러웠다.

회색 양복에 안으로는 목련색 넥타이를 한 남농이 지팡이를 짚고 어서 일어나라고 임농을 채근했다. 임농은 남농이 이끄는 대로 길을 나섰다. 임농은 삼막리의 고향집을 내려다보고 있었다. 고향집 지붕 위의 기와들이 선명했다. 굴뚝에서는 연기가 피어오르고 지붕 아래에서 어머니 박씨가 버선을 깁고 있었다. 하얀 버선이 아름다웠다.

"임농아 너의 그림을 그리거라. 맑게 그려서 그림의 품격을 높이거라."
멀리서 남농의 소리가 들려왔다.

1988년 1월에 임농은 세종대학교 대학원을 졸업한다. 그 해 가을에 임농은 대한민국 미술대전에서 첫 특선을 한다.
하남 고골리의 풍경을 담은 작품이었다. 작품의 제목은 '향리의 어귀'였다.
이철주교수의 날카로운 지적과 남농의 가르침은 결국 자신의 그림을 그리라는 것으로 귀결되었다. 좌절

했던 시간과 슬퍼했던 시간들이 임농의 가슴 속에서 필력으로 응축되었다.

임농의 그림은 남농의 그림을 따르는 듯 하면서도 현대적인 변화를 모색하는데 주저함이 없었다. 임농의 그림은 살아서 움직였다. 친근하고 평화스러웠다.

1989년에도 임농의 그림은 대한민국 미술대전에서 특선을 한다. 그림의 소재는 송광사였다. 그림 '송광사의 아침'은 임농 그림의 절정이었다.

고도의 필법에 익숙하지 않으면 도저히 나올 수 없는 그림이었다. 정교하면서도 과감한 필치는 기운생동의 정점이었다.

임농은 기와집작가로 명성을 얻게 된다. 남농이 꿈 속에서 그를 이끌었던 임농의 고향집이 기와집이었다. 기와는 임농에게 한국의 아름다운 선이었다.

임농에게는 남농 외에 세 명의 그림 스승이 있다. 도

촌 신영복과 일초 이철주 그리고 전정 박항환이다.

 도촌 신영복은 남농의 남화연구원 초기 제자이다. 그는 의재 허백련과 월전 장우성, 그리고 소전 손재형으로부터 사사를 받았다. 도촌은 일본 오사카에서 태어나서 해방 이후에 귀국했다. 1947년에 남농의 문하에 들어갔다. 목포에서 고등학교 재학중에 국전 입선을 하였고 1961년 국전 추천작가를 시작으로 1981년까지 국전 추천작가와 초대작가와 심사위원을 역임했다. 도촌은 수묵화에 기조를 두되 채색을 많이 썼다. 그의 그림은 화려했다. 임농은 그림이 완성되면 그림을 들고 서울 도촌의 집을 찾았다. 술을 즐겼던 도촌은 임농을 각별하게 아꼈다.

 전정 박항환은 1947년 생이다. 남농 허건의 제자이며 도촌 신영복에게 사사를 받았다. 전정은 진도군 의

신면 칠전리 출신으로 임농의 외가쪽으로 8촌 간이었다. 입선과 특선을 했다. 대한민국미술대전 심사위원과 운영위원을 역임했다. 임농보다는 6살 위이지만 임농은 전정을 스승으로 대했다.

일초 이철주는 임농이 세종대학교 대학원에 진학하여 수업을 받은 스승이다
1941년 충남 청양 출생으로 대한민국 미술대전, 중앙미술대전등의 심사위원을 역임하였다. 국전에서 국무총리상, 문공부장관상을 두 번 수상하였다. 오랜 기간 수묵담채의 인물화를 하였다. 이후에 추상작업을 하고 있다.

수석관을 지켜라

"임농은, 진작에 알고 있었는가? 수석관이 다른 사람 헌티 넘어간다는 거?"

고완당표구사로 막 들어서는 임농에게 길동이 던진 말이었다.

"아니 그게 뭔 소리요 형님, 뭐 좀 알아듣게 이야기해 보시오. 다른 사람한테 넘어간다니 세상 날벼락 같은 소리 아니요."

임농은 길동의 연락을 받고 오는 길이었다. 뭔 할 이야기가 있다면서 길동은 한번 들리라는 이야기만 했었다. 뭔 말이냐고 물어도 "전화로 할 이야기는 아니고, 서둘러서 한번 들리소." 했던 길동이었다. "아니

정말 몰랐능가? 임농은 알구 있나 했제."

"알긴 뭘 안다요. 지금 처음 듣는 소리요. 근데 그것이 참말이요? 이게 무슨 날벼락 같은 소리요. 어디서 들었소?" 임농이 놀란 가슴에 말을 쏟아냈다.

"아 나도 쩌그 오거리 복덕방영감헌티 들었구만, 나도 첨엔 말도 안되는 소리라고 했제. 그런데 거그서 연결이 되었다네 글쎄. 목포시 죽동 255번지. 내가 주소도 확인했구만. 계약서도 쓰고 계약금도 넘어갔다네."

"그것이 참말이란 말이요? 워메."

"딱 한군데만 내놓았던 거라네. 그래서 영판 모르고 있었지."

"병이 삼촌은 형님 친구 아니오. 형님도 몰랐다믄."

"긍께 말이네 거참 깝깝한 일이네. 그렇게 넘길 거면 차라리 임농한테나 넘기지. 허 사람 참, 하긴 요새 뭐 서울로 간다는 소리는 들었지만 그래도 이렇게 하는 건 아니제."

"병이 삼촌 헌티 연락 좀 넣어보소 형님."

"연락이 되어야 물어보제. 요새는 집에도 잘 못 들어오고 바쁘게 어딘가 다닌다네. 내가 아까 집에 가 봤제."

"아짐씨는 뭔 말 없어라? 아짐씨는 알 거 아니오? 아따 참 깝깝하게 되았소."

"모른다는데 더 뭘 물어보고 말게 있어야지. 그냥 왔네. 아따 참 무심한 사람이구먼 병 이사람이."

임농으로서는 황당한 노릇이었다.

이 수석관이 어떤 집인가. 스승님의 모습이 그대로 기억되는 곳 아닌가. 임농에게 이 수석관은 돈보다 더한 가치가 있는 집이었다. 자갈질통을 지다가 넘어져서 무릎팍이 까지고 일이 끝나면 인부들도 다 떠나간 현장에 벌렁 드러 누웠었다. 그리고 기약 없는 신세를 안타까워하며 눈물을 흘렸던 그런 집이었다.

집이 이름도 모르는 누군가에게 팔렸다니 도무지 믿

을 수가 없었다. 지난 1981년에 수석 이천여점을 목포시에 기증하고 지금은 살림집으로만 사용하고 있어서 허병 내외가 살기에 큰 집이기는 했다. 그렇다고 이렇게 집을 넘길 수는 없었다.

　임농은 길동을 통해서 자세한 계약내용을 알아봤다. 허병이 그 집을 넘기게 된 사정보다는 우선 그 집을 넘기지 않으려면 집의 가격이 얼마인지를 알아야 했다. 계약금도 얼마나 넘어갔는지 알아보았다. 계약을 되돌리려면 계약금의 두 배가 필요하다고 했다. 길동을 통해서 알아본 집의 가격은 사억원이 조금 넘었다. 다행인 것은 가계약만 했다는 것이었다. 당연히 가계약금은 백만원이라고 했다. 임농은 길동을 통해서 가계약금의 배인 이백만원을 주고 계약을 파기했다. 복덕방영감에게도 복비에다가 수고비를 얹어주기로 했다는 길동에게 임농은 "수고했소 형님, 수고했소."를 연발했다. 결국 허병도 조카사위의 완곡한 뜻을 따랐다. 그 많은 돈을 임농이 어떻게 마련했는지는 따로 설명할 필요가 없을 듯 하다. 임농은 젖먹던 힘까지 동원해서 결국 수석관을 인수했으니까. 허병은 서울로 이사를 했다. 임농과 이별인사를 하는 허병의 눈가에 짙은 아쉬움이 느껴졌다. 임농은 악수를 청하는 처외숙에게 정중히 고개를 숙였다. 허병은 남농의 둘째아들이다. 그러니까 허병이 임농의 처외숙 되는 사람인 것이다. 허병은 서울의 일간지 기자생활을 하다가 목포에 내려와서 사업을 제법 크게 했다. 아무래도 그의 부친인 남농의 후원이 있었기에 가능했을 것이다. 임농의 결혼 초기에는 자신의 부인을 통해서 조카사위인 임농의 그림을 제법 사주었다. 사업상 부친인 남농의 그림이 필요했던 허병은 선물할 때 조카사위인 임농의 그림도 소비를 해 주었다. 기왕이면 조카사위를 도와주고자 했던 허병이었다. 임농에게 허병은 참으로 고마운 어른이었다. 그런 어른의 사업이 잘되기를 임농은 진심으로 기원했다.

드디어 임농이 수석관의 주인이 되었다. 임농의 하는 일에는 이렇다 저렇다 말을 하지 않는 임농의 처 남숙이 난생 처음으로 "고생했소." 했다. 남숙도 외할아버지인 남농의 추억이 있는 이 수석관이 다른 이에게 넘어가는 것이 마땅치 않았을 것이었다. 언젠가는 자신들도 이 수석관을 떠나게 되겠지만 이렇게 일찍 외할아버지의 흔적이 지워지는 것은 아니라고 생각했다. 그들이 있는 동안은 외할아버지인 남농을 추억하게 될 것이었다.

임농은 집으로만 봐도 대지 100평에 일층 이층 합해서 130평인 대 저택의 주인이 되었다. 임농은 일층을 살림집으로 쓰기로 했다. 이층은 수석과 분재를 놓고 화실로 썼다. 베란다 쪽은 벽을 치고 손을 봐서 작품의

수장고로 썼다.

이 수석관으로 이사를 한 뒤 임농의 길이 활짝 열린다. 임농은 국전에 네 번이나 특선을 한다. 그리고 국전 초대작가, 운영위원, 심사위원을 역임한다. 그리고 대학교수가 되며 미술학 박사가 된다. 지방 출신으로는 최초로 한국 미술협회 이사장이 된 임농은 이어서 한국예총 회장에 당선을 한다. 임농은 연임에 성공하여 8년 동안 대한민국 예술계를 이끈다.

임농은 수석관에서 13년을 살았다. 임농은 2004년 한국미술협회 이사장에 당선되면서 서울로 올라가야 했다. 임농은 이 수석관을 팔 수밖에 없었다. 그런데 4억 몇천에 산 이 집을 임농은 겨우 1억 몇천에 팔 수밖에 없었다. 그 사이 시절이 변해서 그림의 수요가 예전보다 훨씬 못해졌고 목포에도 신시가지가 개발되면서 죽동의 이 수석관은 아무리 싸게 팔려고 해도 임자가 선뜻 나서지 않았기 때문이었다.

삼사재 기획선 004
실명소설 林農

펴낸 날	2022년 08월 20일
저자	이용호
발행인	이정숙
편집인	이성봉
디자인	페이퍼컷 장상호
발행처	삼사재
등록일	2020년 05월 26일
등록번호	236-93-01196
주소	(12120) 경기도 남양주시 퇴계원읍 퇴계원로 73 도서출판 삼사재
편집실	(04553) 서울시 중구 삼일대로 8길 12(충무로 2가) 태광빌딩 201호
전화	031) 591-9735
대표메일	ggomo89@hanmail.net
블로그	https://blog.naver.com/samsajae0526
인스타그램	@Samsajae_book
제작	화신문화 02) 2277-7848

ISBN 979-11-970644-3-2 03190

· 잘못된 책은 구입하신 서점에서 바꿔드립니다.
· 책값은 뒷표지에 있습니다.
· 삼사재에 대한 더 많은 정보가 필요하신 분은 블로그를 방문해주시길 바랍니다.

삼사재는 독자 여러분의 소중한 아이디어와 원고 투고를 기다리고 있습니다.
원고가 있으신 분은 ggomo89@hanmail.net으로 간단한 개요와 취지, 연락처를 보내주세요.